# 悠悠诗情

农民诗人陈定国

陈定国／著

中国文联出版社
http://www.clapnet.cn

图书在版编目（CIP）数据

悠悠诗情：农民诗人陈定国 / 陈定国著. –– 北京：
中国文联出版社，2021.10
ISBN 978-7-5190-4672-9

Ⅰ.①悠… Ⅱ.①陈… Ⅲ.①传记文学－中国－当代
Ⅳ.①I25

中国版本图书馆 CIP 数据核字 (2021) 第208044号

# 悠悠诗情：农民诗人陈定国

著　　者　陈定国
责任编辑　王　萌　闫　洁
责任校对　郝媛媛
装帧设计　中尚图

出版发行　中国文联出版社有限公司
社　　址　北京市朝阳区农展馆南里10号　　邮编　100125
电　　话　010-85923025（发行部）　　　010-85923091（总编室）
经　　销　全国新华书店等
印　　刷　天津中印联印务有限公司

开　　本　710毫米×1000毫米　　　　　1/16
印　　张　17
字　　数　200千字
版　　次　2021年10月第1版第1次印刷
定　　价　68.00 元

农民诗人陈定国

国务院颁发的奖章          团中央颁发的奖章

**陈定国** 同志

在开展农村文化艺术工作，活跃农村文化生活，为广大群众服务，建设社会主义精神文明的工作中，成绩显著。授予全国农村文化艺术先进工作者奖状，以示鼓励。

中华人民共和国文化部

一九八〇年十二月

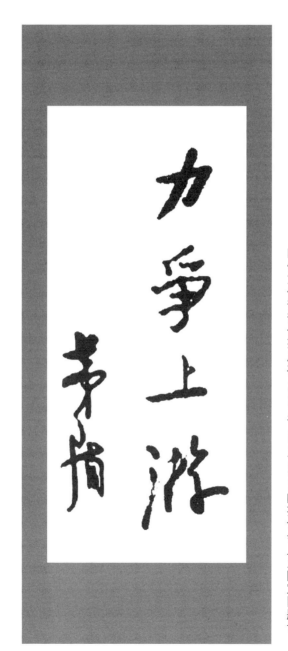

力爭上游　茅盾

茅盾同志亲切地和我交谈，他问我坚持业余创作有什么困难，农民需要哪些文化生活，基层领导热爱不热爱文化工作。他听了我的回答，点头笑了一笑，喝口茶，接着又问我：

"你在家里做什么？"

"作田。"

"你读了多少书？"

"只念过几年小学。"

"你爱写诗歌？"

"爱写诗歌。"

"又出了一个王老九。"

我心里想，王老九可是全国著名的农民诗人，忙说："我没搞出名堂来。"

"我看你的名堂不小呀，不然我哪里有机会与你坐在一起"。他拿起我放在桌上的笔记本看了一看，挥笔就在上面写下四个大字："力争上游"。

——摘自1958年12月6日，茅盾和陈定国在文化部全国第二次青年社会主义建设积极分子大会茶话会谈话

# 我说陈定国

华 子

*洞庭大湖纳四水，物华天宝；*

*水城文脉溯千载，人杰地灵。*

在大美沅江，陈定国应当是第一个带"农"字的作家。这位从事业余创作 65 年的农民作家，一辈子痴心传承乡土文化，半个多世纪以来，他的作品依然散发出浓郁的泥土香味。尤为宝贵的是，他像植根白沙洲上的文学不老松，至今仍在辛勤笔耕。

是沅江的沃土，让陈定国文学创作硕果满枝，佳作频出：他迄今已出版专著 34 部，省级以上获奖作品 50 多件……

是美好的生活，让陈定国扛起农村文化旗帜，如头雁奋飞，带领家乡白沙洲的农民写诗，打造出一个全国闻名的"诗歌之乡""全国先进单位"。

是伟大的时代，让陈定国肩负使命，收获荣耀：他曾被评为"全国青年社会主义建设积极分子""全国青年创作积极分子""全国文化先进工作者"，先后受到国务院、文化部、中国文学艺术界联合会、共青团中央及各级组织 30 多次奖励。

青松为何不老，原来精神常在。陈定国一直行走在文学创作的路上，一直孜孜不倦地为诗乡奉献余热，一直以奋斗者的姿态，书写一位农民作家的传奇。他的新作《画传》，是长篇纪实传记《新中

国农民诗人》续集，这是一部纪年体传记，从 1953 年 7 月至 2018 年 7 月，按时间顺序，以自述文逐条论述，图、文并存，以图为主，真实地记录他在业余创作上走过的路，成为这位农民作家成长成才的真实记录。

一个时代和一方热土，塑造了一位有个性的作家。

历数陈定国的成功路径，我们认为，陈定国的创作经历具有典型性、代表性，他是沅江文艺界乃至益阳文艺界的典型人物之"最"：被评为全国文化艺术积极分子；受到党和国家领导人接见；国家文艺界主要领导题词；被评为全国十大标兵，在全国表彰大会上典型发言；1957 年开始在省级报刊发表文艺作品；1958 年在湖南人民出版社出版文艺书籍，并出版他的文章《我是怎样进行业余创作的》。

1958 年至 1962 年，先后担任沅江县文学艺术工作者联合会筹备委员会副主席（兼职）、沅江县文联副主席（兼职），益阳地区文联副主席（兼职）；1959 年他主编的《白沙洲农民创作选》，由湖南人民出版社出版，现在"网络旧书店"定价为 888.00 元一本；1962 年批准为湖南作家协会会员，现为世界汉诗协会会员、世界华人文学艺术研究会会员、中国通俗文艺研究会会员、中国诗歌学会会员；1994 年，专著《洞庭情歌》获准参加中国国际文学艺术作品博览会展销；2017 年，在国务院地名办召开的全国地名文化传承和保护座谈会上发言，并有作品获奖……

创作的一项项成果，一座座高峰；人生的一步步脚印，一页页精彩。陈定国的创作经历与成绩，充分体现了党和政府及文学艺术界对一个农民业余作者的关爱和培养，也能使广大作者从中得到一些启迪和鼓舞。

你为时代写华章，历史为你树丰碑。农民作家陈定国的创作历程，是最好的诠释。

2018 年 7 月 15 日

作者系中国作家协会会员、湖南省沅江市文学艺术界联合会主席

# 新中国农民诗人

舒 放

为本书作序，是一件特别值得高兴的事情。

近两年，陈定国先生花了许多的时间，创作了这本个人传记作品，洋洋十几万字，对于一位年过八旬的老人来说，是非常不简单的。当然，这都是他的亲身经历的一种回望式展览，看似行云流水般的信手拈来，但构思、选材、取舍等一如浩大工程的实施，必须付出很大的精力。如此，我不得不对这位老作家又产生更多的感叹与尊敬。

定国先生在沅江文化史上是一个十分重要的人物，长期从事洞庭湖民歌研究，形成了挖掘深入、概括全面、陈述准确、纲目细致的特点；收集整理了数以万计的流传在洞庭湖区的渔歌和山歌，涉及政治、社交、民情风俗、爱情等多个方面，有着洞庭湖区民歌活资料库的价值；创作了数千首具有浓烈的地方特色的民歌作品，绝大多数的作品被刊登在各级公开刊物上，广泛流传并成为范本教材。同时，早在二十世纪五十年代至八十年代，率领白沙洲诗歌创作组近百位农民进行民歌创作，硬是撑开了一片沅江民间文艺的新天地，在全省乃至全国产生了极大的影响。

中国的民歌堪称中国文学的源头，发展出了后来文人的诗歌作品，他们一直成为台面上的主导力量，至今都有着不可动摇的地位。而诗歌的鼻祖——民歌因为过于原始，过于"民歌"，就受到文人的鄙夷，尤其在近些年里，新作家、新读者更是对民歌不屑一顾，使之非常遗憾地被冷落下来。然而，定国先生保持着一种文学的活力，冷静地分析，认为虽然民歌是"下里巴人"，而恰恰现在的下里巴人对之仍有喜爱之心。最典型的就是普通群众乐于传诵顺口溜、打油诗，乐于创作民歌体裁的手机短信，乐于在交谈中使用排比句、对偶句，这都是民歌的魅力所在，都是对民族文学的崇拜所在。他一直致力于这项事业，也就有了力量源泉和精神支撑。

从地域角度说，楚文化底蕴极其丰富的洞庭湖区是民歌的宝库，历代的文人们对"踏水而歌""击桨而歌""围火而歌"的群众场面都有着不尽的感慨。客观地说，二十世纪六十年代前后的白沙洲农民民歌创作，以及八十年代由文化馆组织进行的民间文学作品收集整理，为抢救洞庭湖区尤其是沅江市的民歌、挖掘与保存民间文学艺术遗产起到了不可估量的作用。而将之作为系统工程来进行实施，定国先生是唯一的代表。我们常说由历史的变迁或者进步而产生的传统文化的断代或者断层，在今天表现得十分突出。正在这个紧要关头，必须有人站出来，勇于担当，乐于担当，为挽救民间文学艺术遗产做出最大的努力。定国先生就坚定地守卫在这个岗位上。同时，他多年来的作为有着广泛的影响，省内乃至全国只要谈及中国民歌，势必提及白沙洲，提及陈定国，进而冠以沅江市的大名，使沅江市有了一张响当当的名片。

文艺界的同志都称陈定国为"新中国农民诗人"。的确，这样对定国先生的评价是名副其实的，是充分肯定的。曾经我国文学界流行"北有王老九，南有陈定国"的赞词，现在，唯有陈定国先生还在孜孜不倦地为民歌事业而努力前行，况且他年过八旬，真是不简单的事情。他对于沅江市文学艺术事业的贡献，对于中国民歌发展的功绩是

值得拥有这样的冠冕的。在沅江市文学艺术界的后起之秀中，都对定国先生有无尽的感动，都说这样的人物绝对是洞庭湖孕育出来的精华，是沅江市文学艺术事业不可多得的造化，是沅江市的骄傲。

本书是由定国先生自己撰写的传记，贯穿文学艺术创作的主线，详细记录了他从懂事以来的各方面的生活。作家的生活是丰富多彩的，也是令人赞叹的。定国先生的学历并不高，偏偏能够通过学习的刻苦钻研，日积月累而获得大专文凭；他在文学的道路上艰难跋涉；他在爱情生活方面也并不是一帆风顺，而善良的本性和文学的成就使他得到了夫人的敬佩和长期的关爱。他不管在什么时候，都能充满乐观向上的情愫，绝不妥协的勇气，埋头苦干的行动和百折不挠的精神。他的为人真的在全市文艺界的朋友们中传为美谈。尤为可贵的是，他到今天还在为洞庭湖民歌的收集整理与创作，为沅江市民间文艺事业争做奉献。作品文笔生动活泼，具有浓烈的洞庭湖区生活气息，其具有民歌创作特色的创作手法运用信手拈来，显示出炉火纯青的功力，本身就是一部民间文艺的范本；书中大量使用民歌作品，亦是我们学习洞庭湖区民歌的好教材。

总之，我对定国先生、对此书的感觉是，洞庭湖区民歌研究与创作从二十世纪六十年代开始到二十一世纪前二十年的阶段里，定国先生的作为是前无古人的，即使后有来者，所有从事民间文艺工作的后来者都会把先生作为偶像、标杆和旗帜，使沅江市的文学艺术事业展示更为繁荣发展的天地。

是为序。

2018 年 8 月 18 日

作者系中国作家协会会员、沅江市作家协会名誉主席

# 赠陈定国同志

京城十月艳阳天，回望青春六十年。

金匾辉煌先照尔，田园锦绣绚吟笺。

诗花起舞心同醉，梦笑随身意永绵。

今日诗乡风月在，丰碑依旧颂君贤。

中华诗词协会会员、沅江市诗词协会主席：曹涤环

写于2018年5月白沙洲诗乡六十周年庆典

# 《诗情悠悠》的启示

位不在显，有德则馨。

学不在全，有专则成。

才不在高，务实则真。

诗不在奥，感人则灵。

中华诗词协会会员、沅江市楹联学会会长：鲍寿康

2019年9月9日

# 几句家常话

　　我是一个摸锄头把出身的乡巴佬，只念得几年小学就懵懵懂懂学着写文艺作品，搭帮贵人相助，一写就是将近七十年。

　　在这风风雨雨中，有酸有甜，有苦有辣。在家庭生活方面，也是如此。

　　我把这些都写在这部书里，献给亲人、朋友和读者。

　　这部书像个人传记，又像家史，又像一部作品选，其实还是像洞庭湖平原上那些弯弯的活水河吧。

跨洼地　踩泥坨，
人生路上有坎坷，
深深浅浅留脚印，
印出人生一首歌。


走田野　过土坡，
翻上大堤渡江河，
舵工送我到彼岸，
仰天欢笑幸福多。

作　者

2019 年 5 月

悠悠诗情 目 录

001　秀才逢生

005　我的童年

021　八形汉的故事

031　回家真好

038　四年才走上第一个台阶

044　热出一个高温天气

055　我在北京唱山歌

062　扬帆的诗船

078　婚事风波

095　她的爱在延续

104　诗乡,你长大了

113　登上文化大舞台

144　写好人生这部书的"后记"

244　代跋　陈定国:打捞洞庭民歌

250　采访手记　向坚守者致敬

251　后　记

# 秀才逢生

太阳从洞庭湖边升起，一道道红光洒在水面上、大堤上、杨柳上、芦苇上，大地显得格外燠热。

这是1936年9月23日，农历丙子年七月初七辰时，我出生于沅江白沙洲。

母亲临产的那一时刻，父亲在堂屋里坐立不安，有时叭几口旱烟，有时在屋里转来转去，有时心不在焉地随手翻看那本翻烂了的《三国演义》，但心里是十五只水桶提水，七上八下。

"哇"的一声，房里传来一阵婴儿的啼哭。

在我家接生的高大妈三脚两步跨出房门，笑嘻嘻来到我父亲面前，兴奋地说："恭贺先生，添个男喜！"

父亲听说生个男孩，脸上流露出无限的喜悦，丢掉手里的旱烟袋，喜冲冲地跨进房门，只见我母亲躺在床上，头偏向门外，那苍白的脸上浮现了安详的笑容。父亲笑着说："婆婆子，辛苦哒，辛苦哒啊！"

父亲走近看了看我，虎头虎脑的伢儿模样，喜得就像石磨一样地旋转起来，从里屋转到堂屋，情不自禁地哼起南宋诗人叶绍翁的诗句：

"春色满园关不住，一枝红杏出墙来！"

"海公先生，什么事这样高兴？"

父亲抬头一看，正是方恕庵先生。

方恕庵又名方槺，清朝光绪末期拔贡，很有名望，白沙洲的第一个文人，善诗词，爱书法，有"方秀才"之称。

父亲也精通文理，喜欢舞文弄墨。两人常在一起吟诗作赋，谈今论古，讲得最多的是《三国演义》《西游记》。他们还悄悄听过县里的地下党员的讲演，心情开朗起来，常和穷朋友在一起讲红色故事，传红色歌谣。穷朋友说他们是开明人士，他们说穷朋友是知心朋友。

今天，父亲洋洋得意，当着方秀才的面随口而出：

"看今日喜添贵子。"

"恭喜，恭喜。"方秀才忙忙拱手道喜，高兴地对下句：

"望未来光耀华堂。"

二人哈哈大笑。

"小少爷的大号是……"方秀才问。

"你来得正好，请取个名字。"父亲十分尊重他。

"好，我想想。"他在堂屋里坐下来，接过张大妈端上来的热茶，慢条斯理地品起来。

这时，我突然在房里几声啼哭，连小湖那边都能听见，惊飞了门外大树上的喜鹊。

"好家伙，有底气！"方秀才不觉喃喃自语，"孩儿今后必有出息，我看，就叫定国吧。"

父亲连连点头："好，好。"

父亲摸出一壶米酒，一碟子炒豌豆，与方秀才对酒畅谈。谈着谈着，谈起了自己的即兴创作。

父亲抿口米酒，兴致勃勃地吟了起来：

> 洞庭月色醉蓝天，
> 报晓金鸡啼在先。
> 气概昂扬天下白，
> 安邦定国梦圆圆。

方秀才也抿一口米酒，应和起来：

> 定有蛟龙雪浪游，
> 国中喜气遍河洲。
> 苗苗迎着春风长，
> 喜望曙光照彩楼。

他们二人都是将我的名字"定国"嵌入诗中，只是方秀才的更加高明，吟的是藏头诗。父亲连忙打拱手，斟上满满一杯酒，敬给方秀才，说道："方兄，佩服，佩服。"

"干！"方秀才一饮而尽。

这时，高大妈走了出来，与我父亲讲了几句耳语，父亲连忙把方秀才请到里屋。

"看看细伢子，看看。"高大妈用红格子被单紧紧包着我，抱起来，站到父亲和方秀才面前。

我父亲满脸笑容，非常得意地在我那粉嘟嘟的脸上轻轻吻一下。他那胡渣像锯齿一样，刺得我哭了。

方秀才赶忙在我身上轻轻地拍了两下，笑着说："啊，好孩子，

别哭，别哭。"

我真的不哭了。

高大妈把我抱到母亲怀里。母亲笑着向方秀才轻轻挥手："请坐请坐，秀才进屋，全家得富。"

高大妈喜得拿一根穿了红线的缝衣针，别到方秀才的左臂衣袖上。

方秀才晓得，谁家生了小孩，第一个进门的外人就是"逢生"，男的称"逢生爹"，女的称"逢生娘"，年轻人就称"逢生哥哥"或者"逢生姐姐"。不管是谁逢生，主人必须在逢生人的衣袖上穿红线针。这是湖乡人的风俗习惯，表示对逢生人的一种喜爱与尊重，而逢生人则得到喜悦与荣耀。

接着，高大妈又给方秀才送来一碗糖水鸡蛋茶。方秀才接过碗，轻轻地抿了一口糖水。

方秀才临走时，慢慢地取下红线针，放在《三国演义》这本书上。按传统风俗，红线针应插在门前树上，暗示小孩四季常青，长命百岁。而他把红线针放在书上，自语："腹有诗书气自华！"

父亲听了，笑得合不拢嘴。

那时，我家是掰着手指过日子，很穷。方秀才家里好得吹油不开，很富有，常常周济我家一些钱米。在我"三朝"那天，他以逢生爹的身份，特意送来厚礼：白米六斗、猪肉六斤、黑鸡六只、红枣六斤、黄花六斤、鸡蛋六十双、银圆六十块。还用红腊光纸写了一副对联，那就是我出生那天他和我父亲的即兴创作：

看今日喜添贵子；
望未来光耀华堂。

# 我的童年

## 难忘我的童年，第一个小镜头：躲日本

1943 年 3 月，我快七岁了。

正值插秧时节，沅江来了日本鬼子，父老乡亲吓得要命，拖儿带女往外逃。我母亲一手拉着我的手，一手提一蓝布袋子衣服，我父亲背上挎床用绳索捆紧的白土布棉被，也外出逃难。好像日本鬼子从后面追来了，没有目的地舍命往前跑，到了桃江鸬鹚渡、安化马迹塘，寄居在山里人家。我母亲藏在衣角里的一块银圆也用完了，只得逼着往回走，走到沅江台公塘的一个亲戚家里住下来，白天躲在竹山里。

这一天，有人从南县厂窖那边来，说起了日本鬼子血洗厂窖的事。

那天天气由晴转阴，非常闷热，后来慢慢地刮起了西北风，人们才喘了一口气。路上走来一位挑担秧夹子的年轻大汉子，突然望见一里路外的大堤上开来一路长长的队伍。队伍走近了，他就看见一面太阳膏药旗。他急忙甩下秧夹子，掉头回跑，双手乱舞，大声喊："日本鬼子来了！日本鬼子来了！"

顷刻，好似洪水冲垮了大堤，人们喊的喊、哭的哭、躲的躲、跑的跑，一下子整个村子人心惶惶。那位年轻大汉拉着年迈的父亲，肩背两皮木桨，第一个跑到河边，划船逃命。不一阵子，成群集队的村民也赶到河边，上了大小不同的船只，都想躲到对岸的芦苇荡

里去。哪知一艘日军汽艇迎面而来，"叭叭叭"，一阵密如雨点的子弹朝船扫射，木划子打得嘣嘣响，水上击起点点浪花。船上的村民无处藏身，只能往舱里爬，往河里跳。汽船逼近，枪声更紧，杀得血水成河，尸沉水底。那位年轻大汉的父亲中弹身亡，他含泪从船边跳到河里，顺手捞块浮在水面的船板，掩盖头部，潜水爬上岸来，伏在河滩上一个长满了野草的土凼里，才逃过一劫。大堤边那些拖儿带崽、痛哭流泪的村民在舍命奔跑，一个嫂子跟跟跄跄跪倒在地，膝盖流血，她看也不看一眼，摸也不摸一下，爬起来又跑。大家跑着跑着，遇上躲在一边的几个鬼子，一阵机枪横扫，顿时血染河堤，尸首满地。这时，"嗡嗡嗡"一阵响声，两架日本飞机飞过来，低空盘旋，扔下颗颗炸弹。村里浓烟滚滚，一间间民房大火冲天，一处处尸首堆积如柴……

我虽然没有亲身经历这事，但日本鬼子的恶行在我的心里留下了阴影。我并没有看到过日本鬼子，但听到许多关于他们烧杀掳抢的事，还有我家在惊恐中度日的经历，深深记在我的心里。

谁不痛恨日本鬼子，只愿那班强盗早些发瘟。我父亲想了一副抗日楹联：

双拳推动海岛；
一脚踏平西山。

我不懂海岛、西山是什么意思，父亲告诉我，都是指日本鬼子。

我们全家躲兵回来不久，方秀才病故了。

听说他在临终前嘱咐家里人三件事：一是葬礼从简、薄葬；二是家里的全部资产给张家塞的穷人（他的岳父家在益阳县张家塞）；

三是所有田土无偿佃给白沙洲的穷人。他仅留给后人的是他生前写的四十一本日记和四大册诗词歌赋。

这天，云雾迷茫。我跟随父亲母亲到了方秀才坟地，肃立在瑟瑟的秋风里，心随着被湖风掠过的柳条而抖动。母亲望着那三尺高的细石墓碑，放了一挂千子鞭，烧了一叠钱纸。父亲站在墓碑前，深深鞠一躬，嘶哑着嗓子念着悼念方秀才的挽联：

落笔生辉传天下；

为民献业贯古今。

我拱手作揖，弯腰鞠躬。心里念着：逢生爹爹，你不能再来看我了啊！

## 第二个小镜头：读私塾

我长到八岁，在大伯家读私塾。

大伯叫陈德福，是白沙洲有名的开明老教书先生，面相富态，一脸笑容，穿件青布长袍子，戴副老花眼镜。学堂设在大伯家里堂屋，课桌凳子都是学生从自己家里搬来的。

每天上午九点上学，下午四点放学，启蒙的第一本书是《三字经》。每上一节课先由先生教，后是学生读，再是先生点，学生背。每次大伯点书后，满屋八九个学生，作鼓正经地坐在位子上一声一声地读，唯有我不声不响地看。

"你何解不读？"大伯走到桌边问我。

我冒冒失失地反问大伯："你老人家何解见我没读？"

"你明明没开口读书呀。"大伯不高兴，翻脸比翻书还快。

"我在心里读咧。"

"好,我来点书考考你。"

"你老人家不要点。"

"先生不点书,那是一只猪。"大伯生气了。

"大伯,你点的书我背得。"

大伯马上点书,他点上句,我背下句;他点一段,我背一段;他点一页,我背一页。每字、每句、每段、每页背得"一溜之烟"。我由此深得大伯喜爱,他说:"定国,看不出,看不出,你不要我劳神哩。"

一天中午,我大伯外出喝喜酒,就吩咐我带着同学读书,并向同学们宣布由我点书。

我有模有样地点书,大家都背得。我一看时间还早,就雷急火急地带立伢子和几个同学,翻过大堤,在堤外河滩的杨树上掰枯丫枝,只有一餐饭久,每人掰一捆,背到大伯的灶屋里,码起了一大堆。

大伯回来了,灌得脸红红的,额头上暴起一条条青筋,像蚯蚓一样。他见到灶屋里的柴禾很生气,绷着脸,瞪着眼,醉言醉语地冲着我问:"谁要你们去掰树上的枯丫枝?"

我毫不隐瞒地说:"是我要他们去的。"

"这是闯祸!"

"不是闯祸,掰掉枯丫枝,是为树整枝,让树更好地发育成长。"

"何解把树丫枝搬到我屋里来?真淘气!"

"你天天为同学们热中饭、烧茶,这不要用柴呀?我们是为自己捡柴哩。"

"讲得头头是道!这明明是为我捡柴呐。"

大伯想起昨天在课堂上的那个考题:家里养的鱼被猫吃了,这怪谁？同学们都说怪猫，我有不同看法，猫是爱吃鱼的，主人应该做好防备。

想到这里，大伯郑重宣布："今朝我没防备你们去捡柴，教不严，师之惰，我有责任。"

"我的责任。你外出了，我就是主人。"

"定国，你不要讲了，贪财是万恶之根"，大伯理直气壮地说，"先处罚我。减少每人一毛钱学费，等于向你们买了这些烧柴。"

我说："不行，先生要罚学生才是。"

"当然要罚你们的。"大伯推推鼻梁上的眼镜，接着提出，"罚你们对对子。谁要是对不上，用竹板打屁股。"

"莫打同学们，要打就打我！"

"定国，你真是好汉做事好汉当。那我先'罚'你，你听题：

"春风。"

"细雨。"

"春天。"

"夏季。"

"正气。"

"春光。"

"万里。"

"千年。"

"日照。"

"风传。"

"书声。"

"妙语。"

"爬雪山。"

"撒火种。"

"枝枝绿竹生新笋——"

"……"我卡住了。

"你怎么对不上了？"

"大伯，我还没学七字对。"

"二字、四字、七字、十字，更多的字都是按词按字按声韵平仄相对的对法。"

"好，请大伯再念题。"

"枝枝绿竹生新笋。枝枝对什么？绿竹又对什么？"

我真是——和尚失了腊肉，开不得口。

大伯见我答不出来，就动手拿起竹板，在我眼前一闪一闪的。

"我来对。"立伢子插话，"捆捆……"

"不要你插嘴！"大伯用竹板指着他，又用竹板指着我，"你对不上呀。"大伯见我是第一次对长对子，就启发我："你看看菜园里。"

我抬头看见菜园里那棵梅树，计上心来，我脑子灵活，来得快，想了一想答道："朵朵红梅报早春。"

大伯的目光盯着我，点头微笑，但他故意问那几个没去捡柴的同学："该不该打他的屁股？"

满堂同学从座位上站起来回答："他的对子对得好，不该打他！"

我爱读书。每天从私塾回家，除了在家里劳动和帮三伯看牛外就是看书。有天下午放牛，我坐在堤边草地上，捧起一本书看起来，一下子入迷了，忘记看住牛，结果牛跑到李家妈的菜土里吃掉六蔸大白菜。我赶快把牛赶回草坪，打算回家后，再去向李家妈赔礼。哪晓得，李家妈到园里摘菜，发现了牛脚印，生气地喊："这是哪个看牛伢子不看好牛啦。"

我闯的祸，不能瞒她，也不能推在别人身上，连忙走上去认错，把衣袋里仅有的一分钱拿出来，补偿损失。她横竖不肯要，扑哧一下笑了："没事，没事，你是在读书呀，几蔸白菜算么子呢？"

立伢子从那边青草坪看牛赶过来了，约我明天放学后，在青草坪看牛对山歌。

## 第三个小镜头：对山歌

我回家时，便把对山歌的事告诉了大伯，大伯说，洞庭湖山歌，有已经成型的调子，也有基本成型的歌词。你平日里爱收藏一些山歌子，有的记在本本上，有的存在肚子里，凭这些还不够。大伯鼓励我："捡人家的山歌子不算狠，要自己学着写。"

第二天放学后，我和立伢子各自骑在牛背上，对山歌。

立伢子唱：

> 过路君子歇歇脚，
> 听我看牛伢子唱山歌。
> 夜里唱到太阳出，
> 黑早唱到星星没，
> 越唱越唱歌越多。

我对：

> 一把芝麻甩上天，
> 肚里山歌万万千。
> 南京唱到天津转，

湖南湖北唱三年，

还在河南河北广东广西绕个大圆圈。

立伢子要唱对花歌。他唱我答。

"对门洲上牛打架？"

"那是一朵荠菜花；"

"对门河里牛恋水？"

"那是一朵菱角花；"

"对门湖边牛婆叫？"

"那是一朵喇叭花；"

"对门堤上牛崽跑？"

"那是一朵牵牛花。"

立伢子又要唱盘歌，也是他先开口，我来答：

"河里竹排排连排，"

"我有本事上歌台。"

"洞庭湖有好多鱼？"

"你敢把鱼捞上来。"

"芦苇山有好多鸟？"

"你敢把鸟邀拢来。"

"湖洲上有好多树？"

"你敢把树摇起来。"

"你堂客肚里好多崽？"

他这是胡扯，我不答他了。反过来我将他一军，我出题，要他用歌回答，他马上答应了。

我问他："你昨天在做什么？"他答道："在湖边捉鱼虾。"

"要用歌回答，"我补充一句。

他想了一阵想不出来，我胸有成竹，便唱起来了：

昨天唱歌我没来，

我在洞庭湖里驾竹排，

三十斤的鲤鱼跳到竹排上，

指甲子破鱼不用刀，

你看我功夫高不高。

几个回合，立伢子终于败阵认输。

## 第四个小镜头：学插田

有一天，立伢子没上学。

我放学回家时，转弯抹角到他家去看看。走到田边，原来立伢子正在插田，他会干农活，插的秧苗笔直的一行行，一封书一样。

立伢子见到我很高兴，就要我帮他插田。我是"干脚鸭"，从未下过田，学学也好。我便把书包挂在田边的树上，卷起裤脚走到田里，弓着背，抓把秧就伴着他身边插起来。他指望我会插田，哪晓得我插得上一蔸、下一蔸、深一蔸、浅一蔸。他扭头一看，笑着说："你插的'蛇扭水''蚂蚁上树''鬼打伞'。"

我不服气，怄气地说："不要笑我，慢慢会学会的。"

回到家里吃完晚饭，我不声不响抓一大碗灶灰，躲在禾场角上，

把灶灰当秧苗，装个插秧的模样，弯腰把灶灰"插"成一点一点的。

母亲发现了，就盘问我："你这是做么子游戏？"

我坦率地说："学插田。"并讲了在立伢子田里插秧的事。

母亲笑着说："岸上是学不会的。现在同我到田里去，我教你。"

趁着月光，母亲带我"火线练兵"。

我们先到秧田里，母亲教我扯秧、洗秧、缠秧。几轮之后，我就学会了。走出秧田，她又带我到大田里，要我先看她怎么插：抬起头，弯下腰，胯部落下，退步不乱，桩子要稳，手里分秧要快要匀，每莞秧苗六七根。插秧的深浅是你的虎口伴泥就是了，不要插深莞秧，也不要插浮莞秧。

我边插边学，边学边插。不一阵子，我就腰驼背胀，非常吃力。母亲是插秧能手，插秧好似蜻蜓点水，眨眼就把我甩了好远。又练一阵子，母亲要我回家。

我不肯，坚持要她看我练习。按她插的样式，越插越好。

我和母亲一时兴起，干脆把剩下的两分田插完才回家。

第二天放学后，我又和立伢子一起插田，接连几天，我们插秧的质量和快慢不分上下，最后立伢子败于我手。

## 第五个小镜头：上小学

读了一年私塾，我就转到白沙洲小学读一年级。

父亲在小学担任校长，他吩咐老师们对我要严。说什么严就要严在竹板上，板子青青竹，不打书不熟。

可我读书从未挨过任何一位老师的竹板。我每学期学习成绩都是头名，不料本期落个第二名。父亲曾经说过，就是第二名也要受到处罚。

我硬着头皮站在他面前伸出手来，要他"兑现"。他笑笑，不忍下手，只是轻描淡写地说，下回得第二名，我找你算总账。我记住他的狠话，决不给他有处罚的机会。

那时，方秀才推荐父亲担任白沙洲小学校长。他在教师会上点燃第一把火："我们白沙洲的穷人为什么百分之九十的人是文盲，因无钱读书。我们不能把穷人子弟关在学校门外，要想方设法拉进来。"他在穷人子弟入学的学费上采用四种办法：一是免，二是减，三是缓，四是老师垫。他带头为穷孩子垫付书费。这法真灵，很多穷人的孩子欢欢喜喜上学了。

有一年过年，父亲为两个最苦的穷学生家长送去两副对联，鼓舞穷人士气。

送给渔民刘桂生的对联是：

小舟追恶浪；

新网锁银鱼。

送给长工师傅彭汉钦的对联是：

麻石总有翻身日；

平民岂无出头时。

皮恶棍报复我父亲，指责对联有毒，文风不正。民国三十六年，皮恶棍勾结有钱有势的皮氏家族和保长，把我父亲赶出了校门，父亲不敢与他们作对。

父亲被人欺负，有苦无处诉，我也痛在心里。

这天，学校门前突然歌声朗朗，广播声声，原来是北京传来了天大的喜讯，毛主席在天安门城楼上向全世界庄严宣告：新中国成立了！毛主席的声音唤醒了天下人民。

我喜得跳起来，在放学回家的路上，邀着同学们振臂欢呼：中华人民共和国万岁！路边的父老乡亲都喜得跟着举手欢呼；有的人家喜得敲锣打鼓，有的人家喜得大放鞭炮。村口上，那帮穷朋友奔走相告：我们翻身了，好日子到来了；大树下，那帮爱唱山歌的嫂子、后生哥，唱起了翻身歌：如今的穷苦人翻呀么翻了身噫子哟……我回到家门口，只见大门两边贴着一副庆祝新中国成立的红纸对联：

> 春风吹散黑暗；
> 红日带来光明。

走到堂屋里，又见我父亲喜洋洋地坐在木椅上，眼睛紧紧盯在手上的作文格子上哼诗：

> 主席宣言举世传，
> 中华大地乐翻天。
> 驱寒解冻民心暖，
> 推倒"三山"国梦圆。

我高兴地扑在父亲的怀里：毛主席来了，我们再不怕恶棍了。

### 第六个小镜头：捡柴火

一天放学回家，我突然看到对河拐棍洲浓烟滚滚，到傍晚时，那边烧红了半边天。

家乡沅江是芦苇的重要产地，拐棍洲是洞庭湖中生长芦苇的独脚洲子，那里芦苇的质量特别的好。现在拐棍洲失火，那还了得。我心里暗暗着急，何解没得人抢火呢？我心存疑问地问母亲，她告诉我，这是县里布置的芦苇荡赶火灭螺。

洞庭湖涨大水时，钉螺随水爬上了芦苇山，血吸虫隐身在钉螺内，如果人接触了钉螺，血吸虫就会钻到人的毛细血管里，就会得血吸虫病。现在把钉螺烧死，就是为了断除这个祸根。人民政府保护人民群众的身体健康，就采取了这个灭螺办法。

每年芦苇砍伐后，运到岳阳、广州那些造纸厂造纸。柴山里剩下来的尽是芦渣、芦叶、芦杈，还有断节子芦苇，铺成几寸厚一层，活像刚弹成的棉被。住在湖边的人家，就过河上洲"抢收"，每家最少要解决两三个月、甚至半年的烧柴。我经常跟母亲去捡柴，立伢子也跟着我们。我看到哪里柴多，就用竹耙子耙一个大圆圈，圈内的柴就算我的了。然后把柴收拢一堆堆的，用那种柔软的泡芦撕成长带子，把一堆堆柴捆起来，挑到河边上，搭船过河，运到家里。每次捡柴，立伢子总是捡不赢我。

柴山里赶火，哪有柴捡呢？不到黄河心不死，母亲还是要到洲上去看看。第二天黑早，她带了扁担挑绳，牵着我来到渡口，搭上了横河划子。

船老板拿着篙子往水肚里一点，把船撑开，往对岸荡去。只见河里一对对柴帮子船扬帆而过，一伴伴打渔船飞桨争游，挤得浪波滚滚，掀得我们乘坐的小划子像摇窝一样摆动。

一上岸，只见洲上一片黑灰，黑灰里还有芦苇在冒火冒烟，一截一截的还没烧完。我和母亲眼明手快，一根一根地捡起来，几个

小时，就捡三十几捆，搬到船上，堆满四个船舱。

乘船回家时，我看到有条运柴船在渡口边搁浅了。船上有五六个人，有的攒劲撑篙，有的站在柴堆上的两边攒劲摇船。母亲告诉我，这是船底被流沙吸住了。他们这样一摇一摆，就是想促使水进入船底，让泥沙分开，船好溜动，那条运柴的船终于溜动了。

船靠岸了，我急忙搬柴上岸。再跑到搁船的暗滩对岸，捡一片破蚌壳，在身边的杨树上刻个"十"字印记。待柴火运回家后，我找到一块四四方方的木板，用毛笔写一个大的"滩"字。又拿了一口长铁钉和小铁锤来到河滩搁船处，把木牌钉在刻有印记的杨树上。我想这块"指路牌"能够引起过往船夫的注意，防止再有船只搁浅。

我的这次秘密行动得到了母亲的表扬，奖励一个煮鸡蛋。这蛋我舍不得吃，母亲知道了，就说你不吃，那下次就没得鸡蛋奖了，我呷了蛋白，把蛋黄霸蛮塞在母亲的口里。我说："你是这次行动的暗中后台老板，蛋黄是我给你的奖励。"

只要一学期我小学就要毕业了，但是读高小要到外地去，路程太远，不能读"跑学"，要读"住学"。我们大多数同学缴不起学费和生活费，眼看我读书的事就要到此止步了。

因求知心切，我被逼上梁山，邀了同学谢尧仁、叶云华，赶路直奔沅江六区区公所。

那天是大太阳天，天气很热，头上出了大汗。我们走进办公室，见到一位身强体壮的中年汉子。

我问道："同志贵姓？"

"姓臧。"他面带笑容，讲一口北方话。

我听说区长姓臧，是北方人，便冒冒失失地问一句："你是臧区长吗？"

他笑了笑，连忙泡茶。他见我们年纪轻轻的，头戴鸭舌帽，身穿青布学生装，便问："你们是学生吧？"

"学不成了。"我抢先说。

"怎么学不成了？"臧区长疑惑不解。

我们讲了情况，提出一个请求："是不是能够在白沙洲小学附设一个高小班。"

他睁着那双大眼睛，思考片刻，亲切地说："你们的请求区里会考虑的，先回去吧。"

他把我们送出大门，点头告别。

我们在回家的路上，肚里饿得叫。唯独我袋里有两角钱，过河用了一角钱，剩下一角钱买三十粒炒蚕豆供三人充饥。这次饿着肚子步行 60 多里旱路，摸黑才进屋。

这学期开学，区公所按我们的请求，在白沙洲小学试办高小附读班。这激起我和同学们求学的热情，专心专意学习。

有一天，家里要我请假，挖土赶种油菜。

土改时，家里分了四亩水田，三亩旱土，因缺劳力，工夫总是做不赢。平时，我每天早上捡猪牛粪，薅草皮沤凼肥，星期天和农忙假帮助家里干农活。眼前工夫挤在一堆，没得办法，我向刘老师请了假。

晚上在床上翻来覆去想，学生应以学为主，缺一堂课，好比婴儿断一次奶。我要在学校做一个好学生，在家里做一个好孩子。一个滚爬起床，趁着月光，偷偷摸摸忙到鸡开头口，把土全部挖完了，呷了早饭按时上学。

班主任刘老师见了我感到意外。当得知这事的内幕以后，非常高兴，连声说："好样的，好样的。"一堂课后，只见学校的黑板上

登出了表扬稿《陈定国今天为什么来上学》。

高小附读班因条件有限，办一学期就停办了。虽说没继续办下去，但起了"跳板"作用，很多同学从"跳板"上走过来了。

在寒假期间，我借了高小附读班还未学完的课本，天天晚上在昏暗的煤油灯下攻读，父亲就是我的家庭教师。

寒假一过，我报考八形汉完小，"跳一级"读高小五年二级，预考成绩合格，准予入学。

# 八形汉的故事

八形汉完全小学位于共华垸八形汉河边，学校是一栋又高又大的扁担形黑壳瓦屋，教室摆布像一条长长的街。四周青砖围墙，进门处有个黑瓦门楼。门楼前是宽广的操场，有羽毛球、篮球、跳高、秋千等体育设备，还有几条铺了炉渣的简易跑道。学校有 400 多个学生，住宿生就有 100 多人。

我有点感到人地生疏。

来校当晚，我走到八形汉河边，夜幕笼罩着湖乡村落，四周一片宁静，只有河里的航标灯闪烁着昏黄的灯光。我眺望家乡，想起了我的父亲：他年老体衰，本是教书先生，种田乡里工夫是改劂子不内行，田里工夫奈不何，挑担子更是吃不消，有次挑堤回家，一路东偏西倒，硬是摔在堤坡下，打不得翻身。他心里想我在家里做工夫，减轻他一点劳累。但他到底是有知识的人，舍命让我多读一点书，把我送到八形汉完小。母亲要忙家务，忙种地，还要帮供销社里的职工洗衣裳，赚钱补贴家里。平时，她恨不得一个钱分成几个钱用，一碗饭分成几碗饭吃，都是为省点钱给我读书啊。

突然，背后传来一声声很熟悉的喊声。原来是同我在一起来这里读书的 11 位白沙洲同学。我和他们没分在一个年级，但他们记得我，就来找我。大家相见感到非常亲切，我们在树林里一边散步，一边扯谈，讲各自有趣的事情，要了好久才回寝室。

人是混熟的，水是划浑的。一个星期后，我和班上的同学渐渐

地熟悉了，慢慢地亲近了。

每到星期六下午放学后，我就赶回家，在星期天帮家里干农活，傍晚赶到学校参加晚自习。学校的课程安排很紧，生活很有规律，我必须遵守纪律。

有天放学后，同学们都走了，我独自一人坐在教室里写日记。

中等身材的语文老师王华突然来到课桌边。王华，他是共产党员，我叫他党员老师。他面带笑容地翻看我的日记本。

## 七月二十六日晴

八形汉完小对我而言是一所大学校。今天，我戴上了你的校徽，非常神气，非常骄傲。老师就是学生的妈妈，我愿吸取更多更甜的乳汁。

## 七月二十七日晴

今晚在湖边的杨树林中散步，我想，我们好似一棵棵杨柳树，老师就是护林员，天天给我们培土、施肥、治虫，促使我们长得郁郁葱葱。

## 八月三日晴

我从食堂里吃饭出来，看见王小兵同学低着头，坐在教室里，我问他何解还不去吃饭。

"总务室停了我的餐。"

"星期日回家没带米来？"

"家里被火烧了，没得米，我不想休学。"

我听了一阵心酸，立即拿餐票带他到食堂里去吃饭。他吃了饭后，我又带他去向周校长反映情况。周校长很同情，从自己口袋里掏出一叠餐票给他。班主任、同学们知道后，都给他餐票。我有三件裤子，就和王小兵达成协议，两人轮换穿。大家这么做，终于让王小兵渡过了难关。

## 八月十日晴

今天，学校各班推选我担任学生会主席。今后，我这个"学生官"要协助老师管好学校，要带领同学们搞好学习，遵守校规。

## 九月一日阴

我想起王老师在作文阅卷时的讲话：同学们的这次作文都未及格。陈定国得了一个最高分，也只有51分。这不怪同学们没写好，而是我没上好这堂作文课。作文题"第一天"，应该有很多内容可写，可大多数同学们是怎样写的呢？"我第一天上学了，要听老师的话，好好学习……"这是写的入学"誓言"，我不是说不该写，问题是要写好，少讲大话、空话、套话，要写生活、写人……

王老师的话对我有很大的启发。今天我的作文虽说在班上得了最高分，但没及格，等于零分。我要从"零"开始，写好作文。

## 九月十五日阴

昨晚失眠，今早起晚了，早自习迟到了一分钟。老师没批评我，但是那些早到的同学们用奇怪的眼光看着我。我错了就错了，还是在迟到表上打了一个"×"，警告自己。

## 十月六日雨

放学后，我在办公室翻看报纸，失手打烂一只篾壳子热水瓶。

我赶紧把碎片打扫得干干净净，倒在围墙边的垃圾堆里，谁也没发现。这只热水瓶该不该赔呢？该赔！损坏财物要赔，这是理所当然的事，不要钻空子，钻空子不是好行为。我不声不响地跑了三家商店，才买到这一模一样的新热水瓶，好好地放在原处。这时，我才觉得一身轻。

王华老师看了我的日记，非常高兴。他鼓励我："好好地写下去，坚持写日记，是一个良好的习惯。"

我经常写日记，提高了写作水平，作文也就写得越来越好。

新学期开学的第二周，王老师上作文课，他说上周的作文题《桃树下》，有的同学写在桃树下看书，有的同学写在桃树下看牛，写了细节，很逼真，大家的写作有进步。现在我读一读陈定国写的作文《桃树下》：

春风吹到洞庭湖畔，到处暖洋洋的。我的家乡白沙洲在春风吹拂下，春花竞开，春意喧闹。

这天，桂花姑娘挑着一担黄澄澄的谷子，从河边走来了。

吴支书劈面走来。他挑着一担人粪，向堤边秧田走去，看见桂花，说道："桂花，一定办好。"

"不办好不回来。"

"不回来，就住到他家嘛。"吴支书边说边笑，把桂花说得笑跑了。

不知为什么，十八九岁的姑娘，挑着百来斤的稻谷，浑身轻快，像燕子一样向前飞。

正巧，大堤上有个小伙子也挑着一担金黄的谷子，从对面走来了，桂花先看见，就喊："新亮，你来得正好……"并且从心窝窝里笑了出来。

"啊，是你呀！"新亮也喜得眼睛发亮，心里搅动了一窝蜜一样。

两人都赶了拢来，正好在红艳艳的桃树下会见了。

"你到哪里去？"新亮先问。

"听说你们合作社还少点'粟谷'种，吴支书要我送来一百斤。"桂花接着问，"你到哪里去？"

"你们合作社不是少早谷种吗？"

"啊！"两人同声啊了一声，会心地笑了。

"龚队长为什么派你来呢？"桂花问。

"吴支书又为什么派你这女将？"

两人又说开了。接着谈起心里话来，声音越来越细，细得连桃树上一对偷听的小鸟都没听清，急得边飞边叫："唧唧唧唧（细细细细）……"


王老师朗朗上口读完了作文，开玩笑地说："同学们，你们细细细吗？"

王老师爱写文艺作品，有次在作文课上讲，要注意细节。讲了一位建筑师的一段名言："不管你的建筑设计方案如何独特宏伟，如果对细节的把握不到位，就不能称之一件好作品。细节的精细生动，可以成为伟大的作品，而细节的疏忽只会毁坏一个好的设计。"

他布置下一周作文题"八形汉"。

我星期六回家时，找父亲了解八形汉的情况。

他说："'好汉难过八形汉'，这是过去沅江流传的一句老话。在共华垸与阜安垸交界处，两个堤垸夹着八形汉河，河口呈'八'字

形。这条河是南洞庭的一条支河，河宽一公里，长度二十四公里，来往的船只较多。在八形汉河口的河段，是大小船只通往南北的必经之路。一伴伴土匪在河段的湖州上安营扎寨，拦河抢劫。白沙洲的土匪头子王金龙就是其中的一个厉害角色……"

我想掌握更多的情况，像王老师讲的那样去熟悉生活，才能写好作品。

这周星期六，我没回家，来到八形汉河洲上，特地找了曾经参加过剿匪的老民兵张大伯。他告诉我：以前，这里的常驻土匪大约有二百多人，有机枪、长枪、手枪、手榴弹。每看到过往的船只，他们就驾船从芦苇荡里冲出来。一般货船必付买路钱，客船上的所有乘客则要搜身"洗马"，做大买卖的商人要缴重金，如没达到要求，就强抢，反抗者枪杀。有次外地来个盐商，连船带货抢个尽光，人也死于刀下……

大伯还讲了一个舍己救人的革命故事，这是一个有分量的好素材。我写了一篇作文——故事发生在八形汉。


八形汉河两岸的河洲上，长满芦苇，是水养活了芦苇，是芦苇养活了人。

这天，一个四十出头的、武高武大的樵民，从南县划船护送一个地下党负责人到沅江，路经八形汉河，遇上了从南咀过来的日本鬼子，两人悄悄地把船靠岸，躲进了岸边的芦苇山里，躲了好一阵都不见动静，这位樵民想出山探探风声，刚走出十多米远，就被几个日本鬼子抓住。

"这里的，有共党的？"一个手持东洋大刀的尖老壳鬼子问道。

"山里没来过共党。"

"这里的共党大大的，你说，给你大大的。"他举起大拇指说。

"共党在五湖四海。"樵民声音如同雷响，想暗中向那位躲藏在芦苇山里的地下党传递信息。

"你的共党！"鬼子在他手背上划开一条血口。

"我是樵民党！"（意思是樵民热爱中国共产党）声音又如同雷响。

鬼子朝他肚子上狠狠地捅一刀。他倒下了，他从血地里坚强地又站起来了。

血是鲜红的，志是刚强的，情是可贵的，死是光荣的！

八形汉的人民永远把他记在心里，甚至每一个中国人都把他记在心里。


王老师在课堂上表扬我写的这篇作文：精于选材，主题鲜明，语言精练，意义深远。

一周过去，两周过去，时间就像流水一样过去。

这天，班上举行毕业典礼。当晚学生会举办毕业班文艺联欢晚会，学校礼堂里张灯结彩，鼓乐喧天，每排座位上都坐满了人。

我们毕业班的同学坐在前四排，王老师拉我同他坐在第一排的中间座位上，他问我：

"你准备表演什么节目？讲个故事行吗？"

"王老师开了口，不行也得行"。我心里想，在去年下学期班上举办讲演赛时，王老师夸我口才不错。口才不错的还是王老师，他在毕业典礼上的演说就深深打动了全班同学。

他说："我们毕业班的同学，翅膀都硬了，要起飞了，当你们再回到八形汉完小看望老师的时候，我一定会看到更优秀的你们。我

给你们讲个故事：有个穷孩子，在渠水港里捉了一些小鲫鱼，舍不得吃，提到街上去卖，想凑点学费读书，走呀，走呀，鱼没卖掉，肚子饿了，他来到一家包子店门口，本想讨个包子吃，不好开口，便向掌柜的年轻女老板讨杯茶喝，女老板见他那可怜的样子，就给他两个热包子，一杯热开水。十五年后，这穷孩子长大了，穿套灰色中山装，戴副白色眼镜，在一家大医院看望病人，偶然看到一个病人好像那位女老板。一打听，果然是她，得了一种难诊的病，特转到这家大医院，家里的钱都花光了，准备出院等死。穷孩子马上找了院长，要求医院设法抢救她。

"两个月后，女老板的病好了。当她接到出院结账通知时，手在颤，心在跳，这只怕要好多钱呀，哪来的钱，她无可奈何地睁眼一看，在通知单下边写了一行字：医药费两个热包子，一杯热开水。这是一个知恩图报的故事，告诉我们做人要善良，要有爱心……"

联欢晚会开始了。第一个节目歌舞《解放区的天是晴朗的天》，然后是大家接二连三的花鼓戏、歌舞、游艺节目。最后，我讲一个流传在沅江的民间故事《状元桥》：

在洞庭湖畔的沅江县城，有一座"状元桥"，关于这座桥，民间有这样一个传说。

清朝同治年间，洞庭湖畔的沅江渔村，有个名叫张小青的穷孩子，聪明伶俐。只有10岁，他就跟随父母撒网捕鱼。他16岁那年，父亲和母亲被湖主逼租相继而死。张小青举目无亲，无处投靠，只得在荒洲上搭一个小茅棚子，天天在湖边捞虾。湖主真狠毒，每天还限张小青交虾租10斤。张小青有时捞的虾子连交湖主的虾租还不够，只好靠吃芦根蓼米充饥。

有一天，张小青在长街叫卖虾子，忽听人说，京里传来一个消息，皇上规定，哪里出一个状元，哪里就可免交三年的租税。张小青想：如果渔民中出个状元多好呀！他急忙跑回去，正好碰上许多渔民围在湖边休息。他就把这件事告诉了大家，还说："在我们渔民中间要出一个状元，就可以免除压在我们头上的租税！"

大家一听，都摇头叹气："这是董永的婆娘唱戏——讲天话。我们连生活都难以维持，哪有钱进学堂门？"张小青献计说："我们来个百家相凑，投点学费，供一个渔民读书，然后考状元。"他看到大家还在思索，又兴致勃勃跑到船头上，给大家烧了一把火："小小鲤鱼能跳龙门，状元也是人当的！"他的主意得到了大家的赞同，人们便热热闹闹谈论起来，选谁去读书好呢？张小青跳起来，提名道："张小青！"大家拍手哈哈大笑，张小青却连忙解释："这个张小青不是我！"

原来，他在荒洲上，认了一位哥哥，此人也叫张小青。他出生贫苦，但聪明伶俐，常常一边打鱼一边读书。

在渔民的帮助下，哥哥张小青上学了。弟弟张小青为了招扶他，与他住在一起，替他烧茶煮饭，买纸磨墨，事事让他称心如意。不到三年，县府举行府试，哥哥张小青赶考，一下就考取了秀才。渔民们个个高兴，弟弟张小青喜得四处奔忙，又凑钱，又凑粮，继续维持他的学费和生活，支持他发奋求学，考上状元，为穷人争气。

省府府试快开始了，哪知道哥哥张小青突然失踪了。渔民们十分焦急，四处打听他的下落，也没有结果。弟弟张小青更是担心，为了寻找兄长，他只好离乡别井，一边讨米度日，一边探听，一直找到省府。

时间不等人，到了报考前一天，弟弟张小青还未见到哥哥张小青。他望着报名的学府大门，深怕错过时机，便果断地走进门去，替哥哥张小青报了名。然而，到科考这天，仍然没找到哥哥。怎么办呢？弟弟张小青无法，只好自己去考。原来，他在家时，每天晚上跟着哥哥一起读书，一起写字，一起做文章，一起吟诗答对，由于肯下功夫，瞒学到了很多知识，学问比哥哥的不差多远，他鼓起勇气登上了考场。揭榜一看，中了"解元"。

这事传到沅江渔村，渔民又喜又愁。喜的是一个张小青中了"解元"，愁的是不见了另一个张小青。这天，弟弟张小青回来了，大家对他万分敬佩，夸他是个了不起的角色；更热心地替他筹捐学费，还请来一个老先生，专门教他读书。

寒来暑往，春去秋来，真是功夫不负有心人。弟弟张小青上京科考，真的考取了头名状元。

张小青得了状元，回到沅江，第一件事就是给渔民和穷百姓减了三年租税。他还对哥哥张小青失踪的事进行了查访。原来，湖主担心渔民做了官，就没有他们的天下了，便暗地抓了哥哥张小青，把他绑在一副石磨上，沉入了湖底。弟弟张小青下令杀了湖主，为穷苦百姓出了气。

广大渔民和穷百姓见张小青为民做主，都喜饱了，于是，人们在沅江县景星寺中门前，修了一个"状元桥"，以此感谢张状元为穷人做的好事。

# 回家真好

1953 年上学期，我高小毕业，无钱继续升学，又因家里缺少劳力，便无可奈何地、依依不舍地离开了学校生活。

回到家里，我白天和父母亲一起劳动，田里来，土里去，生活得非常融洽，常常一边做事，一边聊天，我讲校园生活，父亲讲如何种田，母亲讲勤俭持家，有时大家天南海北地聊，你一言我一语，聊个尽兴。

特别是父亲，看了我在学校里写的日记和作文，好似喝了一杯热开水，心里暖和和的，他笑着说："书没白读，农村里的学问很深，好好读好这本书。"

时过早晨，红霞满天。村里党支部书记吴功安笑嘻嘻走上门来，问我在农村安不安心，有什么想法，讲着讲着，他就"翻古"，讲起了白沙洲的历史。

洞庭湖年年涨水，年年落潮。民国三十二年前，在沅江北部福成垸河堤外，潮出一个铺满白色泥沙的河滩，面积不断扩大，地势逐年增高，无家可归的一些樵民、渔民陆陆续续来到这里，用杨树、芦苇、蘸草搭起了高高矮矮、大大小小的牯牛棚。三十二户汉族杂姓，一百五十七个男女老小，就以此为安身之处，砍柴捕鱼为生。此地一片白色泥沙，他们把这里喊成"白沙洲"。当时，流传着这样一首民谣：白沙洲，炉罐户／芦根野草当米煮／衣无领，裤无裆／牯牛棚里躲风雨。

管堤务的福成局那帮有钱的老爷们，看上了白沙洲这块风水宝地，就在这里围垦造田，召集六百多个土伕子（民工），修堤筑垸，开垦一千多亩土地，佃给穷人耕种。早在这里定居的那些穷朋友有的被赶走了，有的上船捕鱼去了，有的成了这里的第一批佃户，有的一直在这里做长工。

白沙洲地处洞庭湖边，这是一个湖乡小村，水路交通十分方便，县府义渡局便开通一个客运码头，每天有两只大木帆风篷船往返县城，过往客人甚多，这里成了沅江北部通往县城的主要渡口之一。

渡口的大堤两边，渐渐地兴起了摊点、商店，自然而然地形成了一条繁华"丁"字街，有四十多家竹木行、油榨行、渔行、米行、染行、轿行、药店、布店、饭店、豆腐店、铁货店、百货店……

"惠孚庆"是最大的商店，一栋又高又大的黑壳瓦屋，室内厢房成套，全是安装黄灿灿的木板墙壁和木板地板，外厅两侧设有南货、百货两个专柜，生意兴隆，他家油印的"惠孚庆"纸币，在全县和长沙市通用。这家店主，叫皮世其，有钱有势，他儿子身挎盒子枪，在乡公所充角色，谁也不敢动他家一根毫毛。

这条街发生过两次大火灾，烧成"脱（断）街子"，唯有"惠孚庆"有防火墙挡火，没遭火灾……

吴支书对我说，过去的白沙洲农民，衣不遮身，食不糊口，做梦也想不到读书。如今你们是第一代有文化的农民，我们村里正需要这样的年轻人。

当时，我想的还是学好珠算，当一个账房先生，也是文化人哩。我二伯母在做生意，可是不会算账，要我帮帮她。我眼前的造化就是要学会打算盘子。我把这个想法告诉了吴支书，他认为这是好事，便介绍村里春满爹当我的师傅。他是打鱼的渔民，但会打算盘子。

第二天，东边天上布满彩霞，太阳从洞庭湖畔慢慢地升起。船只、风帆、渔网都染上一层金色，晨风掀动湖水，满湖荡起银波。我经过一条湖边小溪，来到春满爹家里。

一进门，我就被渔家特有的情景吸引住了。东边壁上挂着叠叠渔网，新的、旧的、长的、短的都有。西边壁上挂着楠竹篾，有扭成了圈的，有织成了花窗眼的，也有一把把没解开的，这些都是准备织捕鱼的花篮和篓具的。

正在补架子网的春满爹忙向我打招呼："啊，定国，你来哒！"

我和春满爹是老相识。吴支书和他讲了我的事，他昨天约我今天到他家来。他那黑红的脸上露出一丝丝的微笑，急忙搬把木椅子给我坐。一转身，又进灶屋里去了，细声细气地在他老伴春娭毑耳边讲了些什么。春娭毑连连点头微笑。

不一会，春满爹端碗热茶出来了。

我连忙起身说："不要客气。"

"客气么子！"春满爹拿着篾针边补网边说："嗨！好家伙，明朝就要开湖了。"

"你老人家真忙啊！"

"忙么子！打鱼人家是天天打鱼、补网，补网、打鱼。如今是越忙，心里越暖和，在伪政府时期就不同啦……"我正要问，他接着就讲了下面的故事：

拿我现在补的这条网来说吧，就有段历史哩！那是民国三十二年，我邀三十一个伙计织成的。当时好费力呀！硬是织了三年，网还没下水，等的等急了，闹的闹分伙，七七八八的想法成了堆。我没法子想，要求打一"开湖"，赚一笔钱后再分，大家同意了。隔几天，我们到杨柳湖去"开湖"。刚到湖边，湖霸皮世昌赶来。他凶神

恶煞般地吼道:"春老倌,你们有种的就下网!这个湖是我的。"说罢,不管三七二十一,就把我们的架子网抢上他的船。我气愤地说:"你不要吓人,水是流的,鱼是活的,洞庭湖到处都可以撒网。"谁想到,他那两只狗眼睛一鼓,竟然猛打我一竹篙,我被打得掉在水里,王满叔正要伸手救我,皮世昌又补打我一竹篙!幸亏我会游水,一个氽子跑了。

"托党和毛主席的福,新中国成立后,渔家才见青天,这条架子网又回到了自己手里。"春满爹高兴地继续谈道,"近几年来,渔业发展很快,架子网多多的,湖上到处可以下网,鱼儿只管乖乖地跳上网来。老班子说,甜要数蜜糖甜。我说呀,如今渔民的生活硬是比蜜糖还要甜哩!"

听了春满爹的话,我也像喝了比蜜糖还要甜的东西,心里甜津津的。春满爹在旧社会受的苦,正是千百万渔民的苦!他在新社会尝到的甜,也正是千百万渔民的甜呀!春满爹还给我唱了两首渔歌:

旧社会里苦难当,
破船烂碗下河江,
藜蒿蓼米来糊口,
有女不嫁打鱼郎。


一轮红日照渔船,
渔民翻身见青天,
自从来了共产党,
洞庭湖水蜜样甜。

"老倌子！请客呷饭啰。"当我正在沉思的时候，春嫂妣的喊声打断了我的思路。

"你今朝来得早，一定没吃饭，吃饭去！吃了饭再扯淡。"春满爹连忙热情地邀我进房去。

我晓得老渔翁的脾气，不领情是不行的。我跟春满爹往房间里走去，一股股鱼香迎面扑来。房间里收拾得整整齐齐，床铺上有红色新盖被，白色花枕头，蓝色印染被。书桌上摆着热水瓶、自鸣钟、镜子、杯子。红漆木柜子上还贴着毛主席像！渔民真正有了自己温暖的家，"日守孤洲夜守滩"的那种流浪、苦难的生活，已经是一去不复返了。

桌上摆满了鱼，红烧的、清蒸的、油煎的都有。春满爹客气地说："来了客，没有菜吃。"

我说："哪里，哪里，太多了！"

"多么子！洞庭湖就只有鱼吃，吃鱼是我们渔民的家常便饭。如今党的政策贯彻下来，作田的、打鱼的……劲头越来越大，各项生产越来越兴旺。不嫌弃的话，以后常到我家来做客吧，包你有饱足的鱼吃……"

我笑了，大家都笑了。

吃完饭后，我请春满爹教我学算盘。春满爹风趣地说："算盘有什么好学的，这叫学珠算。"他在柜子里拿出一本黄壳子珠算书送给我，我打开一看，第一页就写着："一还一，二还二，三下五除二，四下五除一，五取五进一，六上一取五进一，七退三进一，八除二进一，九除一进一……"

他说，要一边看书一边打算盘，做到三练：练心，集中思想；练手，手指灵活；练子，子要打准。他要我每天晚上来学习，先学

"六百六""小九归""大九归"。

这天晚上他考我，特邀吴支书当公证人。

春满爹出题，九百九十九个人，分八万九千九百九十一斤鱼，每人分多少，在三秒钟内算出来。

我把袖子一卷，右手的拇指、无名指、中指一齐闪动，把算盘子打得噼里啪啦响，两秒钟得出结论，每人分鱼九十斤零八钱。

春满爹赶紧又出一道题，二十一条渔船，每条船上两人，一天共捕鲜鱼二千八百零一斤，每条渔船平均捕鱼多少？每人平均捕鱼多少？在五秒钟内交答案。我的答案是每条渔船平均捕鱼一百三十三斤三两八钱，每人平均捕鱼六十六斤六两九钱。吴支书连忙看钟，只有四秒钟。春满爹高兴地说："你毕业了。"

因为学会了珠算，1954 年 3 月 1 日，吴支书推荐我担任白沙洲信用社助理会计。吃皇粮，拿工资。我经常下乡发放贷款，动员存款，为人民大众做钱的生意。

七月到八月，洞庭湖涨大水，倒了不少垸子，唯有白沙洲这个垸子泡在水面上，完好无损，但垸内渍水严重，稻田旱土淹没不少，很多农户受灾。这给信用社工作带来很大压力，每天要下乡串村走户，查看灾情，摸清底细，发放救济贷款。

有天我正在仁中村调查，突然一条渍水堤子被渍水撕开一丈多宽，内湖里的渍水滚滚冲入田里。

我心急如焚，立即把工作袋紧紧地套在脖子上。跟着乡政府那班领导跳入水中，抢险突击队员也跟着跳入水中，大家稳稳地站在水的冲口处，手挽手地摆成一条人堤，木桩向身前打，草袋向身前筑，石块向身前掀，泥土向身前堆。经过两个多小时紧张搏斗，倒口堵住了，稻田保住了。

　　我一身水淋淋、泥滚滚的回到家里，换好衣服，问我母亲要饭吃。只见灶屋里冷火悄烟，母亲向我摇摇头，无精打采地说："米桶精光的，没开火。"

　　我赶紧来到信用社。我们几个会计都在供销社搭餐，我找炊事员刘爹多要了几份"计划饭"送回家。

　　父亲嘱咐我：不要记着我们，把工作搞好。有空学着写点东西，但不能影响工作。

# 四年才走上第一个台阶

我要父亲教我写古体诗。

他说，写古体诗有严格规定，冰冻三尺，非一日之寒，以后慢慢学吧。再说，我们洞庭湖是山歌窝子，乡里很多人都会唱山歌，你先向他们学山歌，你不是也能唱上几句吗？黄豆子赶熟的拈嘛。

我在路边薅草积肥时，想了一首《薅草歌》：

路边一兜草，
风吹两边倒，
就是一锄头，
挖到田里沤肥料。

父亲鼓励我，写得押韵、上口。

我又把《薅草歌》改写了一遍：

路边青青草，
看你哪里跑，
挥起一锄头，
田里沤肥料。

父亲的脸上没得笑意，接二连三地抽了几口旱烟，又敲敲烟脑壳里的烟灰。他严肃地说，你写"草"，"草"是指物，人的思想感情也往往借周围的物发挥出来。比如民歌《四皮叶子共一心》，就是借生长在水面的"破铜钱"草这个物，来反映男女真挚的爱情。民歌和诗一样，要简练、含蓄、生动、形象。

我到底不知如何写才算好，就想改写一首旧情歌试一试。这首旧情歌是这样写的：

> 这山望见那山高，
> 望见我的姣莲砍柴烧，
> 哥说我的姐呀——
> 没得柴烧何不请人砍，
> 没有水呷何不请人挑，
> 招扶伤坏嫩姣姣。

我按原意改写了几个字：

> 对门山上高又高，
> 望见情妹砍柴烧，
> 无柴何不请我砍，
> 无水何不请我挑，
> 免得费力扭哒腰。

父亲看了枯眉毛。他说可以借鉴一些好的写作手法，但不要炒现饭，要自己动手煮新鲜饭。

这饭不是我煮的！写几句民歌比写一篇作文难，我干脆放下了笔。

父亲摸到了我的心思，就为我打气：会做粑粑三个不圆，熟能生巧嘛。

我问父亲：怎样熟，才能生巧。

他说：熟，就是熟悉生活，熟悉人，掌握一些写作技巧。说到这里，父亲认认真真地朗读"红军不怕远征难"这首诗，他说，毛主席的这首诗赞美了红军不怕困难、勇敢顽强的革命精神。这首诗给了我们最大的启示，一个作者写什么？怎么写？应该很好地推敲。吴支书不是嘱咐过你吗，好好学习毛主席《在延安文艺座谈会上的讲话》。

我脑子慢慢开了一点窍。

不久，沅江人民银行在我们信用社办点，要我写篇文艺作品宣传存款的好处。我为难了，几句民歌写不好，怎能写演唱作品。领导开了口，不好推脱，只好根据村里张老倌卖猪存款的线索，凑成一个小戏《张老汉卖猪》。我和村里几个老艺人排演了这小戏，起了一点宣传鼓动作用，受到领导表扬。

晚上回到家里，父亲找我谈戏：你爱看传统戏"讨学钱"，这戏的事件集中，有戏剧冲突，通过动作、唱腔、道白刻画了两个有个性的人物。他问我："你写的戏怎么样？"

我认识自己，忙说："相差十万八千里。"

父亲风趣地说："这不算远嘛，孙悟空一个筋斗就是十万八千里。"

我暗暗下决心，要学会翻"筋斗"，向着标杆直跑。

1955 年 12 月的一天，我因评上了信用社先进工作者，到草尾银行参加全县信用社先进工作者表彰大会。路过一栋木板房，看到大门边挂着一块长长的牌子：草尾文化馆。文化馆是搞文化艺术工作的，我想进去探探小戏创作的深浅。正在门前犹豫时，馆内走出一位高个子大汉，笑着问我："你是想借书吗？请进来。"这话讲在我心坎上，我正想借书开导开导。

我跟随他来到借书室，交一角钱押金，借一本《创作谈》。他又领我到办公室，问我的情况。我也毫不怕丑地讲起了《薅草歌》《张老汉卖猪》的写作经过。他很直爽，不讲奉承话。他说《薅草歌》好比一杯白开水，没得味。写民歌要用民歌的写作手法，把握好特征，你好好看看借的这本书。再说《张老汉卖猪》这本子，只能说是宣传资料本。文艺作品要源于生活，又要高于生活。比方说，写张老汉，可把李老汉、王老汉、刘老汉身上的优点，集中写在张老汉身上，塑造一个生活中的典型人物，起到教育人、鼓舞人的作用……

他送我到大门口时，又鼓励我几句话：多看书，细心观察生活，功到自然成。

他与我握手告别时，我听人家喊他"郭馆长"。

我的心弦被阵阵拨动。文化馆是所特殊学校，文化馆的干部热情诚恳地帮助人，实在让我感动。

从此，有空闲时间就看那本《创作谈》，还写些曲艺、小戏。写了一篇又一篇，有时觉得好，有时觉得狗屁不通。写了就丢，丢了又写，稿子写一堆，寄到报社、杂志社去的也不少，我收到的却是一封封油印退稿信。一气之下，把稿子扪得稀巴烂，丢进火缸里。

母亲看见了，一个箭步跑拢来，抢走稿件，语重心长地说："能写出来也不容易，这是汗水泡出来的，留下来或许有用的。"

此时的父亲已病倒在床，哼哼唧唧，慢吞吞地说："定国啊，我看你还是从写民歌入手。"

我听他的，就写民歌。在父亲病倒一个月的时间里，我写了7首民歌。他振作精神看了两遍，没说话，点了点头，含着泪水偎进被窝里。我到草尾镇为父亲买药，顺便到了文化馆，请郭馆长看民歌：

## 共产党是带路人

天上星星似银铃，

地上葵花像金盆，

葵花朝着太阳转，

星星向着北斗星，

共产党是带路人。

## 湖乡年年大丰收

洞庭湖水水长流，

大船小船水上游，

装不尽的千家谷，

运不完的万户油，

湖乡年年大丰收。

## 勤快人口里出山歌

枫叶树上好砌窝，

游草塘里好喂鹅，

污泥凼里出白藕，

蚕子肚里出绫罗，

勤快人口里出山歌。

## 双抢就是抢时光

半夜起来冒天光，

手扯丈夫快起床，

扯秧等不得鸡公叫，

扮禾等不得夜天光，

双抢就是抢时光。

## 要把农村变乐园

十五月亮圆又圆，

社员日子过得甜，

想起恩人共产党，

努力生产劲头添，

要把农村变乐园。

郭馆长看了民歌，满脸是笑。他在我肩上狠狠拍一巴掌："定国同志，有进步，这些民歌可以寄到文艺杂志。"

我从草尾回家只几天，父亲病情恶化，于1957年6月12日去世了。我厚着脸皮找堂兄讨来几块木板，做副简易棺材，冷冷清清埋葬了父亲。我好痛心啊，号啕大哭了一场。

时隔18天，即是1957年7月1日，湖南文艺刊物《新苗》发表了我的民歌处女作《共产党是带路人》。

这首民歌像一声礼炮，震动了白沙洲。

大家夸我是船头上撒网，身手不凡，向我道喜拜师的泥腿子川流不息。过去受苦最深的刘金保叔叔一把将我拉到身边，兴奋地说："你写得好，把我们平头百姓心里的话都写出来，共产党就是全国人民的带路人，我们一心跟党走。"

# 热出一个高温天气

1957年8月，大队吴支书起了"私"（诗）心，把我从信用社抢回来，担任白沙洲农业社团支部书记。

吴支书额头上有个青色胎疤，人家称他"青天"。他说话算数，一是一，二是二。当初我听他的话，走进了信用社，工作很出色，年年评为先进，成了信用社红人，领导器重我，我梦想有一天会得到提拔。想不到吴支书要我回农业社工作。回吧，丢掉了难得到手的铁饭碗；不回吧，小一点讲是不买他的面子，大一点讲是组织原则，我只能服从安排。

吴支书鼓励我好好写作，把全社的青年人都带动起来，丰富大家的文化生活。

八字没得一撇，九字没得一钩，怎么带呀？想来想去，要走活这盘棋。

第一步，我就串通在八形汉读书的那帮回乡同学，在社里会议室的墙壁上办个"白沙洲诗歌栏"，一丈长，五尺高，四周红漆框边。我要吴支书带头写首诗歌，写了两个晚上，要我韵韵色，贴在诗栏头条位置：

唱歌唱得劲头来，
高高搭起唱歌台，
唱得风雨随人意，

> 唱得庄稼听安排，
>
> 唱得鲜花遍地开。

那帮回乡同学接二连三地在诗栏里贴上自己喜爱的诗歌，大家还在自己家里办起"家庭诗歌栏"。

第二步，动员共产党员老生产队长刘正庚开个家庭赛诗会，全家八人都赛诗，他满口接应，但不晓得写么子。我说，把爱党、爱社会主义、爱家乡的心里话写出来。

我和那帮回乡的同学帮他们全家人出点子，改稿子。

这天晚上，刘正庚家里像办喜事一样，挤满一屋人，吴支书和社干部、队干部以及周边的男男女女，老老小小，连我母亲都来参加他们的家庭赛诗会。赛诗会由他六岁的小孙孙刘雁辉主持：

"爹爹娭毑、伯伯叔叔、姨妈婶婶、哥哥姐姐，你们好！欢迎参加我们家里举办的家庭赛诗会。现在赛诗开始，先由爹爹赛诗。"

刘正庚放下旱烟袋，礼恭毕敬地站在桌前，像开社员会做报告一样："同志们，我们白沙洲出了许多'文状元'，兴起唱山歌子。他们一热，热得我出了一点毛毛汗。我学着吴支书在诗栏里贴的那首山歌，也想了几句敝口腔，我在这里献丑了。"

他讲到这里，笑一笑，就高声朗诵起来：

> 唱歌唱得劲冲冲，
>
> 遍地都是唱歌声。
>
> 东南唱出摇钱树，
>
> 西北唱出聚宝盆，
>
> 东西南北抓金又抓银。

接着刘正庚的婆婆、大崽、二崽、满崽、大媳妇、二媳妇、大女赛诗，最后小孙孙赛诗。

我们全家赛诗歌，

喜得心里乐呵呵，

莫看我的年纪小，

不会写诗也来和。

家里喂群黄鸡婆，

戴红帽，尾巴拖，

从早到晚咯咯哒，

天天生蛋一皮箩。

爷爷拿蛋买肥料，

奶奶拿蛋买猪婆，

爸爸拿蛋买钢笔，

妈妈拿蛋买铁锅，

叔叔拿蛋买渔网，

婶婶拿蛋买摇窝，

姐姐拿蛋扯花布，

我拿蛋白口里嗍。

大家听得很有韵味，手板子拍得噼里啪啦响。

吴支书站起来说话了：家庭赛诗会是一种好的家风，愿这"风"吹到各家各户，吹遍白沙洲。他把社队干部留下来，商讨怎样开展诗歌活动，他要求在座的"土地老倌"不搞鬼，保住这一方"风水"。

第二天，即是关键的第三步，吴支书决定成立白沙洲农民创作组，要我当组长。心里很高兴，我想：创作组好比是一条诗船，有舵手撑舵，有水手荡桨，一定会横渡江河。

这消息一传开，那些惹上了诗瘾的热角都来找我报名，要挤上"诗船"。有社队干部，有老民间歌手、老艺人，男的、女的，老的、小的都有。

母亲对写诗也感兴趣，默默地在我背后作舵子。她说敬老院孙娭毑爱讲四、六句子，要我去把她扯进来。

我问母亲："她识字吗？"

"眼睛不识字，心里识字嘛。"母亲自豪地说，"我凑了几句，你看要得啵。"

> 我是翻身老翁妈，
> 事事喜得打哈哈，
> 天天过上好日子，
> 我要活到九十八。

我听了蛮惊奇，母亲一字不识，能想出这些句子，这对我是一种启示：白沙洲人们从小受到湖乡山歌的熏陶，心里藏着诗一样的话。

她接二连三地想出不少民歌。

她看到完小毕业回家参加劳动生产的青年人，就唱道：

> 秀英毕业出学堂，
> 挑起行李回家乡，
> 妈妈忙做欢迎饭，

满屋笑声飞过墙。

她看到农村用上了打稻机，就唱道：

合作社，了不起，

喂了一只铁公鸡，

只要轻轻动一动，

满田谷子就脱衣。

她看到创作组组织群众赛诗时，就唱道：

我们这伴老妈妈，

围在一起把话拉。

不讲针和线，

不扯鸡和鸭。

开个小小赛诗会，

胜过好多后生家。

有一天，母亲陪我到敬老院找孙娭毑。孙娭毑晓得我的来意后，没得半点拘束，稍微默默神，随口就念起来：

敬老院里好，

孤寡老人有救了。

搭帮领导人，

老来不愁穷。

孙娭毑高兴地说："我们敬老院好比冬天里的火炉子，热烘烘的。"

我想，她讲的"火炉子"，就是一个好比喻，大家一琢磨，把前两句改成：

> 敬老院里暖烘烘，
> 嘘寒问暖胜亲人。

我母亲插话："第三句搭帮领导人，那就是搭帮共产党。第三句改成，搭帮有了共产党。"

我不知不觉抬头一看，发现墙头苦瓜藤上露出一条红色老苦瓜，触景生情，不由分说地朗道："苦瓜落个老来红。"

孙娭毑问："咯是么子意思？"

我忙解释："苦瓜老了变成红色，你过去受苦，如今日子红了。"

母亲又在一边打边鼓："我明白了，'苦瓜'是个比喻。"

这首民歌就比较完美了：

> 敬老院里暖烘烘，
> 嘘寒问暖胜亲人。
> 搭帮有了共产党，
> 苦瓜落个老来红。

三个臭皮匠，顶个诸葛亮。这样一来，我和大家一起创作，会写的动笔，不会写的动口，会写和不会写的合作。

犁田种地忙干活，

汗水浇开诗窝窝，

田边休息打肚稿，

收工回家细琢磨。

你一首来他一首，

天天都有新创作。

　　家里办诗栏，社里编诗集，田头、屋场、家庭举办赛诗会，白沙洲闹成了诗的村落。

　　全社参加创作活动的有六百八十多人了，社里建立了中心创作组，由我和陈志等十一人组成。

　　陈志是社里助理会计，读过老书，熟悉很多旧山歌，热爱创作，是个好台柱子。他还是一个酒海子，每次来了稿费，就说是他的酒来了。

　　中心创作组的任务是负责组织创作，辅导创作。以生产队建立创作小组，带领本队群众开展创作活动。

　　8月15日，社里成立俱乐部，我又当上俱乐部主任，带动大家开展以民歌创作为主的各项文化活动，唱山歌的、演戏的、读报的、讲故事的、看图书的、打球的，那硬闹得不分日夜。

上头发现了我们这株"苗子"，就大"闹"白沙洲：益阳地区文化局通报表扬，召开群众文化工作现场会，引动一批一批参观者；

沅江宣传文化部门派来蹲点的领导和干部，帮助总结提高，长期坐镇辅导，草尾的那个郭馆长也来了，在这里挖老锚；省文化局、省文化馆、省作家协会派老师来上创作辅导课，还把主要创作骨干拉出去参加全省读书班、创作班；湖南日报社、湖南文学编辑部要作品发稿，湖南人民出版社要作品出书。

怎样提高作品质量？我主持召开创作组负责人会议。大家说真话，说直话，看到了我们写的作品还的确不行，缺乏"上劲"的功力，好像酿酒，就是少了度数。

于是，我们想方设法来提高自己的写作水平。

有些人文化程度并不高，虽然已经脱盲，但识字不多，碰上难字就只能画圈圈，要不就拐弯用别的话；有的人平时很少提笔写字，一般情况下自己把民歌念出来，请文化水平高的人代劳。我们叫作"度肉口"。我跑到村小学，求老师收下这班"大龄学生"，首先教他们学文化、学拼音、学汉字的押韵、学写诗。大家的积极性很高，白天劳动一天，到了晚上，饭碗筷子一丢，就坐到学校的教室里。那时没有电灯，我就把文艺队的煤气灯挂起了，照得满屋子通亮。大家的那种热情劲，让我心里的喜悦直往外冒。

好多个晚上，我带着创作组的骨干赶路到草尾文化馆去求教。有月亮的时节，我们边走边说，谈笑风生。没得月亮的晚上打着灯笼走，下雨的晚上，打着雨伞走。一边走路一边想民歌。一人开头，大家接二连三地想下去，就这样照此类推。回家后，就马上记录下来，成为"集体创作"。

在那一段日子里，我们真的把村里搞得热热闹闹，大家的生产劲头也越发高涨。

1957年12月，白沙洲俱乐部被评为县文化先进单位，我被评为先进个人，出席沅江县首届群众文化积极分子大会。

1958年2月，《湖南群众艺术》发表诗辑《白沙洲上歌声多》，并配以短评《俱乐部出书了》。开头写道："沅江白沙洲俱乐部出书，这真是一件天大的好事。全省俱乐部向白沙洲俱乐部看齐。"

同年8月10日，《湖南日报》发表诗辑《白沙洲上唱丰收》，并发表我写的大块文章《种田人敲开创作大门》。

创作组成立一周年，创作剧本30个，小演唱40个，民歌3600多首，曲艺1800多篇。社里开展群众创作活动和群众文化活动，对推动各项工作和农业生产都起了很大的作用。

门前喜鹊叫，家里传喜报。11月14日，我被评为湖南省文化积极分子，并代表创作组，出席湖南省第二次青年社会主义建设积极分子大会。

大会开幕时，我被安排在主席台就座。我初出茅庐，凛手凛脚的，怕抬头看人家，老是低着头听报告，看资料。眼前一道道白光一闪一闪的，好像落雨天扯闪一样，我蒙头蒙脑，不晓得这是么子事，也不抬头看一看。散会后才晓得，那是摄影记者用闪光灯照相

机为主席台上的人拍照。

我第一个大会发言，讲的满口沅江话。

晚上，团省委冰耕野书记把我喊到他的办公室，要我讲普通话，我是鸭子吞田螺——哽哽塞塞。

他拿着我的发言稿，耐烦地一字一句地教我。

# 我在北京唱山歌

我被评为全国第二次青年社会主义建设积极分子。

1958 年 11 月 19 日，我们湖南 210 位代表怀着激动的心情，乘坐特快火车，驶向北京的怀抱。

在火车上，团省委冰耕野书记抓住我不放，在他坐的软卧厢里，突击考我的普通话。

我深知，我是湖南唯一的一个典型发言代表，如果讲话人家听不懂，就会失去发言的意义和作用。我的责任重大，千万不能当儿戏，我练普通话一直练到北京。

走下火车，就坐上了会议专车，一直把我们送到西郊宾馆。

一个代表住一个房间。走进房门，就闻到一股股香气。卧室约三十多平方米，室内摆设新颖、华丽，地上铺满红色地毯，床上是白色鸭绒被子、毯子。睡在床上很柔软，动一动，就像抛皮球一样，真是掉在"福窝"里呀。吃的就更不用说了，花样多，味道好，各省代表团都是带上自己的威武厨师办伙食。

11 月 21 日上午九时，六千多位代表欢聚在北京体育馆。欢歌笑语，人群涌动。

北京体育馆坐落在风景优美的龙潭湖，天坛公园侧面，占地面积 15.6 万平方米。那时人民大会堂刚破土动工，这里便承担国家大型会议和领导人接见外宾的任务。平时，体育健儿在这里显身手。

大会在庄严的国歌声中开幕，在一阵阵掌声中，党和国家领导

人健步走上大会主席台。

第二天，大会典型发言，我兴致勃勃地走上主席台。我发言时，先用"过山垅"调，唱起即兴创作的一首山歌《上北京》：

> 过去我到城里来，
> 逢人不敢把头抬，
> 挨门伴壁求讨发，
> 匪军见我要活埋。

> 今天我到北京来，
> 胸前挂起金牌牌，
> 群英大会当代表，
> 总理鼓掌我上台。

我把讲稿摊在桌上，滔滔不绝地讲起创作这本经。

走下讲台时，冰书记紧紧抓住我的手，高兴地说："你的普通话打得九十八分。"我心里说："要向一百分努力。"

11月23日，我的照片和发言稿刊登在《中国青年报》上。

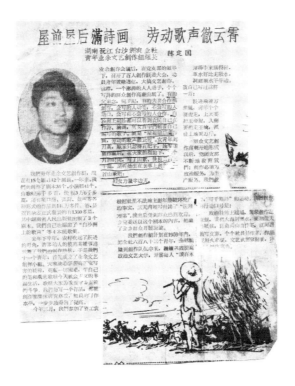

**载 1958 年 11 月 23 日《中国青年报》**

一个暖和的夜晚，我和大会文艺界的代表被文化部邀请参加茶话会。走进文化部会堂，一个高个女同志按请柬上注明的席位，把我带到一位健壮的、戴着金丝眼镜的长者身边。

他笑脸相迎，从座位上站起来，紧紧握住我的手，亲切地说："你是陈定国，我在大会上听你唱过山歌。"

他，就是国家文化部长，文坛大师茅盾。他把我这个普通的乡巴佬放在心上，使我感慨万千，不晓得说什么好，我声音颤抖地说："部长好。"

眼前是棕红色的大圆桌，同桌坐了六七个人，我不晓得坐在哪

里才适合。部长顺手移动身边的靠椅，指定我坐在他的身边，我刚坐好，他就把同座的著名戏剧家田汉、著名作家老舍、著名老艺术家梅兰芳大师一一向我介绍。

部长亲切地和我谈话，问我坚持业余创作有什么困难，农民需要哪些文化生活，基层领导干部热爱不热爱文化工作。

他听了我的回答，点头笑了一笑，喝口茶，接着又问我：

"你在家做什么？"

"作田。"

"你读了多少书？"

"只念过几年小学。"

"你爱写诗歌？"

"爱写诗歌。"

"又出了一个王老九。"

我心里想，王老九是全国著名的农民诗人。我忙说："我没搞出名堂来。"

"我看你的名堂不小呀，不然我哪有机会和你坐在一起。"他拿起我放在桌上的笔记本，看了一看，挥笔就在上面写了四个大字："力争上游"。

田汉和我交谈时，非常亲切。他听说我是湖南人，格外高兴，从座位上站起来，推一下鼻梁上的眼镜，笑着说："我也是湖南人，亲不亲，故乡人，我敬老乡酒一盅！"说完，伸手提起桌上一瓶葡萄酒，要给我斟酒。

桌边的那位身材苗条的女服务员，连忙接过田汉手中的酒瓶，斟满两杯葡萄酒，田汉举杯与我碰杯。我平时什么酒都不喝的，但今天高兴得一饮而尽。

田汉知道我爱写花鼓戏时，他高兴地在我笔记本上写道："多写生动、真实、足以鼓舞人们斗志的花鼓戏，为建设社会主义服务。"

接着，老舍、梅兰芳大师为我题词。

老舍还亲自给我倒了一杯茶，语重心长地说："你作田又作诗，既感受了稻子的芬香，又感受了诗歌的芳香，我愿你的诗歌和稻子一样长期生长在土地上。"

梅兰芳插话说："我愿你这位农民诗人流芳百世。"

我说："谢谢您的祝福，可惜我算不上么子诗人，而是棋盘上的一个没过河的卒子。"

茅盾接着插话："你到北京来，要过洞庭湖，过长江，过黄河，怎么说没过河呢？卒子过河当小车嘛。"

说得大家都笑了。

11月28日下午5时，我和全体代表参加国务院举办的盛大宴会。

宴会厅五彩缤纷，光辉夺目。厅内的每张桌上，摆满大小瓷盘，盘里装满各式各样的珍贵名菜，桌上还有茅台酒、葡萄酒。几百张席位，像鲜花盛开，非常壮观。

6点40分，代表们"轰"地一下从席位上站起来，响起阵阵掌

声。眼前一亮，党和国家领导人同志走进了宴会厅。

在大会期间，常有人找我，有时报社采访，有时电视台摄影，有时编辑约稿，有时学校邀请。

11月25日上午10时，北京市团委在中山公园集中一千多位青年业余作者，由我一个人唱独角戏，演讲业余创作。

12月4日，大会召开闭幕式，我上台领取周总理署名"诗歌之乡"奖牌。

大会闭幕后，大会派专车专人带领代表们在北京游览名胜古迹，天安门、故宫、颐和园、十三陵、八达岭、动物园、王府井大街，好玩的、热闹的地方都去了。

最好看的是故宫。故宫，旧称紫禁城，是明、清两代的皇宫，曾居住过24位皇帝。这里有皇帝用过的稀世珍宝，有些用物是金子铸成的。再看颐和园，它是规模最大、保存最完整的皇家园林，园内建筑以佛香阁为中心，园中景点建筑物有百余座，大小院落20余处，古建筑3500多处。整个园林艺术构思巧妙，富丽堂皇，充满自然之趣。接着又上长城，东西绵延长达两千多公里，称作万里长城。这是古代中国抵御塞外民族的侵袭而修筑的规模最大的军事工程。八达岭是长城建筑最精华段，巍峨险峻，秀丽苍翠。我们还参观了十三陵，这是中国明朝皇帝的墓葬群，有数量众多的建筑物巧妙地安置于地下，分层次修建十三座皇帝陵墓，依次埋葬十三位皇帝。陵墓设置有地下"宫殿"，入口有楼梯走廊，层层上下连通，体现了传统的建筑艺术……

离开北京的前天晚上，大会秘书处通知，要我留下来参加国务院召开的全国农业社会主义建设积极分子大会。

我想，白沙洲的党组织领导群众创作活动，起了核心作用，我便建议吴支书参加了这次盛会。

我捧着周总理署名的诗歌之乡奖牌，喜笑颜开地回到了白沙洲。

父老乡亲见我如见亲人，胖嫂喊道："我们的陈状元打马归家了。"

大家围拢来问这问那，特别是看到这块奖牌，喜得不得了。母亲风趣地说："这是'皇上'赐的金匾。"

我把在北京听到的、看到的、学到的一五一十向创作组的全体同志讲了，讲得绘声绘色，讲得大家信心百倍，决心写出更多更好的作品，把诗乡打扮得更漂亮。

人民公社成立时，党委调我到共华公社办公室工作。还没"满月"，上面一道指令传来，陈定国要回白沙洲，更好地发展繁荣文化事业。

在公社工作，那是端铁饭碗，往上走。回白沙洲，那是端泥饭碗，往回走。想来想去，我是在北京镀了"金"的，家乡的群众需要我，肩上的重担子不能丢。

# 扬帆的诗船

白沙洲名声在外，前来参观的、采访的人越来越多。在阵阵赞扬声中，我们察觉到：创作组成员仍然存在文化基础差、创作水平低的弱点。活动要坚持下去不容易，要提高更不容易。

"不要异想天开。"说这话的人就是村里那个单单瘦瘦的杨桠桠，作田是把好手，但对兴"诗"动众这一套看不顺眼，爱唱空腔，说什么泥鳅子只会钻泥巴，黑脚杆子总归还是黑脚杆子。

杨桠桠当面刺我："你只晓得搬豆腐块子。"

他言下之意说我只能写小诗歌，不会写大作品。

我心里明白：螃蟹横着走路，河虾退着走路，是根据自己生理特性决定的。我认识自己，眼前只有写小诗、写小文章的本事。横着走、退着走、写小诗、写小文章都是一种前进的姿态，或许今后能搬"门板"，还能搬一丘丘的"田"。

但有人听了风言冷语，心里动动辄，有心灰意懒的，有摇头叹气的，有不想再写的。

这到底怎么办？我去找吴支书。

这正是春雨绵绵的时节，吴支书门前的小路上，泥烂路滑，过路行人图方便都在他的麻土边上走过，走出一路脚印，土边的麻苗被踩得东倒西歪、半死半活。他妻子看了很生气，拿着一块"到此止步"的木牌，深深插在麻土边，劝阻行人。吴支书却另有心眼，挑来担担煤渣，把这段难走的路铺成了又高又平又好走的路。

我看在眼里，动在心里。"到此止步"不行，要铺好路，让人行走。我们眼前的创作路基就是要打好基础知识。

我转身往回走，上门串通那些热心人，在俱乐部活动室，办起了文艺夜校，经常举办政治、文化、创作、表演、说书、办报等培训班。我和吴支书、陈志等人带头讲课，能者为师，互教互学。

吴支书在文艺夜校动员大家：写诗好不好，毛主席都点了头的，政府最看得起我们黑脚杆子，有毛主席和政府撑腰，大家不要怕写不好，不要泄气。搞出更大的成绩，为白沙洲子孙留下一笔财富。

在创作讲座上，我讲了一点创作体会：一个农民业余作者，在开始学习写作时，首先要从短小的入手，不能好大。在自己水平有了提高时，再动手写大一点、长一点的作品，这样由浅入深，才能取得成绩。俗话说："万丈高楼平地起。"正是这个道理。一个没写过东西的人，如果一开始就写较长较复杂的作品不但写不好，反而丧失自己对创作的信心，同时也会影响自己的工作和生产。

1959 年 5 月 20 日，创作组召开关于普及与提高的座谈会，大家谈了不少体会。我手头保存了由我整理的《关于普及与提高的问题——沅江白沙洲创作组座谈纪要》的原始资料。

党支部负责人：学习毛泽东文艺思想，在我们创作组，已经有几个月了。通过学习，大家都有很大的提高，有很多体会。今天晚上，我们就来集中地谈谈普及和提高的问题。

郭月英：学习毛主席的著作，我体会到：文艺的普及是主要的，普及和提高要结合起来。拿我自己来说吧，在旧社会受压迫受剥削，没进过学堂门，"小字墨墨黑，大字不认得"。什么都要从头学起，正像六七岁的小学生一样，开始读"来来来，来上学"，然后读二年级，三年级……矮子上楼梯，一步步高。我们的提高，是沿着工农兵方向提高，是逐步提高，是在普及的基础上提高。如果首先不普及，要提高是不可能的。

郭凤英：对！普及是最重要的，有了普及，才谈得上提高。打个比方：木匠师傅带徒弟，刚刚进门，师傅就要他做张桌子，他怎么晓得做呢？首先要照师傅讲的去做，照师傅打的墨线来动斧头，做多了，就会熟能生巧，不但晓得做桌子，连水车、扮桶、风车……样样都晓得做。在报刊上，我们看到一些"吓人"的文章，说：我们初学写作的没有写文章的"才能"。这吓不倒我们，我们在党的领导下，一定会沿着我们劳动人民的方向提高的，而且会高得很。

龚国钦：以前，我们大队就有几十个社员想学会写歌，但有一小半人还不晓得动笔，当他们看到人家写的歌，听到人家唱的歌，心里就蹦蹦跳，只想把自己的心里话写出来、唱出来。党和毛主席真算了解我们的心思，提倡群众创作，于是大家就打破迷信，搞起创作来了。写作的人多得很，连很多中年妇女也对我说："我要参加创作组，下决心学会编歌子和写文章。"

秦少珍：我一共写了百把首山歌，自己也觉得以前写的比现在写的差好远。因为大家都写，党委书记带头，我们就跟着学。这样，就出现了一个大普及的势头。比起大家来，我写得还不算很好，但是自己也觉得大有进步。我觉得这就是普及为主的好处。

刘月英：普及工作和提高工作是不可分开的，正像我们两条腿走路一样，是同时并进的。有一条腿不走，就不会向前了，甚至会跌下去。现在我们的文化艺术水平一步一步在提高，如果普及工作永远停留在原有的水平上，不但不能满足群众要求，连自己也不会满意了。我在1958年写了一首《妇女力量半边天》的民歌，大家表扬我，说这首歌写得好，现在来看，觉得还不够好，不能停留在这个水平上，应该陆续写出更好的歌。隔壁屋里满嫂子也要我写些好歌给她们唱，所以说群众首先要求普及，跟着就要求提高。

方训芝：刘月英说得不错，她就是我们的一个好榜样。她原来是个文盲，通过学习，进步很快，写出的诗歌能在全国、省级报刊发表，并且得到了好的评价。她现在要求天天进步，要求在思想性、艺术性两方面都比以前强。群众要求她提高，她自己也要求自己提高。

李迎喜：普及与提高相结合的重要性，也正如我们作田一样，搞广种多收，高产多收，要实现大面积丰产，力争农业全面大丰收，首先就要普遍地多施肥料，要精耕细作……不然的话，就达不到增产目标。田里普遍丰产了，其中就产量最高的良田，这就成了我们的"指挥田"，大家就要向"指挥田"学习，取经，要求亩亩达到最高的产量。不能只搞"指挥田"，把大面积的田丢了。在普及基础上提高，在提高指导下普及，正是这个道理。

罗爱仁：我同意李迎喜说的。党总支号召我们搞群众性的创作活动，开始了普及工作的第一步。现在我们写了很多剧本、曲艺、诗歌，在本大队起了推动生产的作用，而且还能在报刊上发表，出版社出书。这就看得出来，我们的创作比以前提高了。现在，我们还能结合学文化向优秀的文艺作品学习，以便在创作时把我们的冲天干劲更好地表现出来。以前，有些人认为：搞普及搞不得提高，搞提高搞不得普及；又认为：直接为政治服务就是"宣传材料"，那些关于提高的就是"艺术品"，这是违反毛主席指示的。我体会到：普及和提高，两者必须结合，同时，普及是大家的普及，提高是大家的提高，不是一两个人的事。

卓自强：我们要向人家学习，要学先进，赶先进。农民作家刘

勇，也是个翻泥巴坨出身的人，过去只读过三年书，现在能写出很多好作品，这就是我们学习的榜样。同时，我们也要向专业作家的好作品学习。思想性、艺术性都很高的作品，就是我们学习的范本。因为，我们的工农作家和专业作家的优秀作品，就是我们无产阶级文艺的好经验，一定要好好学习。

秦少珍：对！我们要提高，就是要多读书，多学点文化知识。在队上开会，我听郭支书说过这样一段话："机械化、电气化、水利化、化学化，没有文化不能化"，"祖国建设正在一日千里地向前发展，在各方面都迫切需要我们有文化，改变我国一穷二白的面貌"。这充分说明了学习文化的重要性。昨天，大队来了拖拉机，要我去当驾驶员，当时我好高兴呀。可是没得文化，学开机器有很大困难，文化确实重要，搞创作也需要一定文化的。我们队上的业余夜校真办得好，大家都要好好学习文化。

陈定国：普及第一，这是肯定了的。普及又要和提高结合起来，怎样提高呢？刚才秦少珍说：要多学点文化，我觉得也对。但是，这只是一个方面。我觉得首先要从自己的政治思想上提高，政治思想不提高，就写不出对党对人民有利的作品。比方说：均匀密植本来好得很，但三队刘家满爹说不好，硬说"稀禾结密谷"，你如果认为他说得有道理，那你写出来的作品就一定是宣传保守思想，那就对群众没有好处了。因此，我觉得要正确地提高，必须坚持政治挂帅。思想是灵魂，政治是统帅，我们的学习和提高，应该着重放在政治思想方面。离开了政治思想方面的提高，就是没有灵魂，没有方向的提高，那就会走到错误的道路上去。

张国良：我同意陈定国的意见。学习文化是大事，学习毛泽东思想更是大事。毛泽东思想是我们的指南针，是我们的引路明灯，没有毛泽东思想，一定会迷失方向，有了毛泽东思想，就会胜利前进。在普及和提高这个问题上，如果不是学习了毛主席的文艺思想，就会走到歪路上去，就会犯错误，出偏差。

党支部负责人：同志们！今晚这个座谈会开得很好，通过大家讨论，把问题摊开了，并且具体化了，在普及和提高上，大家得到了统一的认识，明确了一个根本方向的问题。我们要坚持党的文艺路线，坚持扎根生活，坚持精心创作，力争创作更多更好的作品。

我们在自学当中，得到省里文化艺术部门关注。

1959 年 8 月，省文联作家赵海洲到白沙洲"定居"，大队要抽炊事员为他开办伙食，他要到创作组同志家里吃"轮饭"，这样便于熟悉人，熟悉生活。有次轮到我家吃饭，没得荤菜，我母亲特地煎几个荷包蛋，他硬是不吃，反而把蛋埋到我母亲饭碗里。

他白天参加劳动，气力工夫也要去干，寒冷天气也不休息。那天，天气阴沉，北风飕飕，老赵硬要跟着我们在湖边挑潮泥。稀稀散散的潮泥散落在田垄路上，路上散落一层泥浆，赵老师脚上穿的尖尖黑皮鞋，沾满泥巴，走路像扯糍粑一样，行走很不方便。他弯下腰，卷起裤脚，要脱皮鞋打赤脚。那要不得，天又冷，路又滑，小心作凉，我立即脱下自己脚上的套鞋给他了。

那天，我陪赵老师串门走访，走进王喜祥家，他们全家大小出来迎接，握的握手，搬的搬凳，装的装烟。不一会儿，王嫂子端一碗热喷喷的姜盐芝麻豆子茶送到赵老师面前。打起眯笑子，想不到哼起了打油诗：

　　　我家喜迎大作家，
　　　满屋大小笑哈哈，

冒得什么待贵客，

几句小诗泡清茶。

赵老师起身接过茶，感慨地说："诗乡人说话就是诗。"

老王高高兴兴地说起他堂客写诗的故事：

她生日那天，约老王早些回家，与她祝寿，办一桌子菜，总是不见人影子，等得不耐烦了，就发牢骚，写诗怨老王：

一年哪有几个秋，

今日寿诞付东流，

不是为妻贪吃喝，

恨你无情意不投。

老王回家看到这首诗，忙向她赔礼，回诗一首：

堂前劝妻莫发愁，

有事在身实难丢，

愿你多多谅解我，

夫妻恩爱度春秋。

一方安慰，一方宽容，两口子一下就好了，举杯同饮，一醉方休。

老王又说起另一件事，他堂客在大队部路过，看见食堂旁边的水龙头没关紧，水往外流。她伸手关紧水龙头，不顾大队部人多嘴杂，就在办公室找笔找纸，毫不顾忌地坐在桌边，边想边写：

不关水龙头，

害羞不害羞。

不是流的水，

而是流的油。

小事莫小看，

大意失荆州。

各位多留意，

公字立心头。

写好后，贴在水龙头旁边的墙上，看的人围一堆，都说她是会写诗的泼辣嫂子。

我们先后走访了10多户人家，赵老师得出这样一个概念：白沙洲人不羡慕人家住砖瓦房，只羡慕人才。在群众亲身的经历中，真正品尝出了"才大气粗"的滋味。王嫂子就是一个小小例子。还有两鬓斑白的共产党员刘正庚下狠心送满崽刘和云读书深造，虽然家境不宽裕，他全家宁肯一日吃两餐饭，常年穿补巴衣，把钱积下来给儿子做学费。他生怕耽误儿子的学习，冒风顶雨，徒步三十多里路到学校去送米。儿子放暑假回家，他宁肯自己累得半夜还不巴床边，也不要儿子帮忙作田，让他温习功课（他儿子现为湖南人文科技学院党委书记、校长）。

那个会演戏、会写诗的文艺骨干曹子辉。他的长子曹建主，在白沙洲读书时，会写诗，会讲故事。曹子辉迫切希望儿子成才。说来也巧，曹建主从小学到初中、高中，期期考上头名。这天，爱说爱笑的曹子辉呆呆望着儿子发愁，妻子多病，自己是精精疲疲的半劳动力，想留儿子在家作田。老支书特意找了曹子辉，语重心长地

说："我们有职责培养自己的崽女，为祖国输送栋梁。"

这年过年，曹子辉（儿子现为北京清华大学教授）写了一副规规矩矩的春联贴在大门口：

岂无好客临茅舍，

总有春光入草庐。

一到晚上，赵老师就辅导创作组同志写作品，写不出的逼着写。湖南文学发表的诗辑《白沙洲上英雄多》，就是逼出来的。

我也被任光椿同志逼过一次。他是《湖南文学》编辑部主任，他第一次匆匆来到我家，就要我赶紧写篇渔民家史，编辑部留下一万字版面，正在等"米"下锅。我有点心慌，便说："我这个巧媳妇难煮无米之炊。"

他幽默地说："你们洞庭湖是鱼米之乡，多的是'米'。"他喝了我母亲泡的一碗芝麻姜盐豆子茶，饭也不肯吃，马上要我在湖边租一条小木船，直奔渔村莲花坳采访。

我们拜访领导，串村走户，座谈记录，他把我推在"第一线"，出头露面。在当晚采访结束时，他对我笑一笑："有'米'了，明早我们赶回县城。"

我们住在沅江饭店三楼的一间木屋里，他对我实行"四不准"：不准到剧院看戏，不准到书店看书，不准下楼吃饭，不准睡午觉。他每餐把饭菜送到我手里，限我在两天内交"货"。

我写一页，他看一页；我熬通宵，他也熬通宵。

第二天下午五时，编辑部又赶来一位女"催粮官"。任老师见她就说："你是来催'米'的，大量供应。"

这篇一万字的传记故事"渔家恨"，不久就发表在《湖南文学》上，成为全省"五史"教育的重点教材之一。

1959年9月，《湖南文学》发表创作组的文章《我们拿起了笔杆子》，湖南人民出版社出版我创作的花鼓戏单行本《双定计》；湖南《群众艺术》发表花鼓戏《一担人粪》，湖南人民出版社出版陈志创作的花鼓戏单行本《争报告》，湖南人民出版社出版我主编的文集《白沙洲农民创作选》，有诗歌、小说、散文、戏剧、曲艺、故事等10万余字。

湖南《群众艺术》在湖南群众文艺活动十年的一篇评论中写道：

沅江白沙洲陈定国和他的创作组就曾把全社683个青年组织到创作队伍中来。他们是我省进一步推动群众文艺发展，繁荣和建设社会主义的民族的新文化的基础。他们听党的话，党指向哪里，就奔向哪里；他们是生产上的能手，又是宣传战线上的尖兵；他们运用一切文艺形式，把生活变得丰富多彩……利用有限的时间，深入田间、工地，写诗演唱，搞得热火朝天，为人民立下了不可磨灭的功勋。

1960 年 6 月 1 日，我出席国务院召开的全国文化教育新闻卫生等方面社会主义建设先进代表大会。

北京万寿山留影 1960

这次大会是在人民大会堂召开的，当我跨进大会堂的第一步，就想起了一个难忘的情景：

那是我 1958 年第一次上北京的时节，这天大会有个特殊安排，全体会议代表在天安门广场西侧参加劳动。

这里是个规模宏大的建筑工地，工地上红旗飘飘，歌声嘹亮，钢筋林立，铁架遍布，挖土机上上下下，挖走一堆堆泥土，撕开一条条泥沟。拖拉机来往如梭，运送水泥、沙石、砖块等建材。头戴红色安全帽的工人们忙于施工，在太阳照耀下，好似红星闪烁。

代表们飞步下车，有的抢板车，有的抢铁铲，一鼓作气奔跑在工地上，个个龙腾虎跃，人人发奋图强，你追我赶，谁也不示弱，忙得汗流浃背。

在回住处的路上，代表们议论着，这是一个么子建筑工地？事后才晓得，这是 1958 年 10 月动工，由中国工程技术员和工人自行设计、施工的人民大会堂。

我好幸运呀！汗水流在这块热土上，觉得光荣和自豪。那天晚上说梦话：我到了人民大会堂。

今天，我终于走进了人民大会堂。

人民大会堂位于天安门广场西侧，国庆节十周年前夕建成，庄严雄伟，壮观巍峨。厅内设施齐全，进门是简洁典雅的中央大厅，第一厅是金色大厅，这是党和国家领导人接见外宾的重要场所。万人大会堂南北宽 76 米，东西进深 60 米，高 30 米，而空间无一根立柱结构，真是奇巧，中国建筑技术之高超，可以说是巧夺天工。

代表们欢聚在人民大会堂，向党汇报，交流经验。

载 1960 年 7 月《湖南日报》

陈定国　沅江县白沙洲公社白沙洲大队团支部书记、俱乐部主任，全国青年社会主义建设积极分子

这次会议后的两三年内，我和创作组又有新的起色。

1960 年 7 月，我参加湖南省毛泽东思想讲演团，在全省各地巡

回讲演。

1961 年 5 月，我当选为沅江县文学艺术界联合会副主席。

1962 年 11 月 19 日，我被批准为湖南省作家协会会员。

1963 年 8 月，我当选为益阳地区文学艺术界联合会副主席。

1961 年至 1963 年，在省里报刊上发表演唱《满门春风》，散文《渔家做客》《桃树下》《秋收时节》《湖边春色》《雨后》《公社·春天的速写》《逢春同志》。《湖南日报》发表小演唱《湖边借船》，湖南人民出版社出版花鼓戏《湖上风波》。

至 1964 年年底止，参加诗歌创作活动的人数已达 1000 人以上，每年在报刊发表民歌、小说、散文、曲艺 120 多件（首）。

俱乐部经常开展丰富多彩的群众文化活动。1964 年 2 月《湖南日报》发表了我们的文章：

## 占领农村文化阵地，传播社会主义思想
### ——白沙洲大队俱乐部紧密结合生产、工作开展文化活动

编者按：农村俱乐部是党的一个重要的宣传工具，是广大群众进行自我教育、自我娱乐、综合性的业余文化组织。许多情况证明：农村业余文化这块阵地，我们无产阶级不去占领，就会被资产阶级占领。我们应该重视俱乐部、办好俱乐部。

办好农村俱乐部，根据白沙洲大队的经验，主要是抓住三点：一、党支部要加强领导，俱乐部的活动要贯彻为政治为生产服务的方针。共青团要把俱乐部作为教育和团结青年的重要阵地之一。二、要有一批热心俱乐部的骨干。三、在活动中要坚持业余、自愿、需

要、可能和勤俭节约的原则。

本报讯 沅江白沙洲公社白沙洲大队俱乐部在党的领导下，紧密配合中心和生产，积极开展各种文化活动。几年来，这个俱乐部成了团结教育广大青年、传播社会主义思想的重要阵地。白沙洲大队离城镇较远，交通不方便。过去社员的文化娱乐生活比较单调。近几年来，回乡知识青年愈来愈多，他们迫切要求组织起来进行学习，群众也要求把生活过得丰富多彩一些。这样，一个以团员和回乡知识青年为主的大队俱乐部就诞生了。

这个俱乐部现有演唱小组、读书读报小组、故事小组，还有业余创作小组各种活动都是紧紧围绕党的中心工作、围绕生产进行的。演唱小组经常利用业余时间或假日节日为社员自编自演群众喜闻乐见的花鼓、快板、唱词等小节目。

读书、读报小组除利用晚上组织群众读报外，还经常帮助和组织青年社员看《红岩》《山乡巨变》等红色书籍，逐渐培养了群众喜读革命书籍的好习惯。过去，有些青年劳动以后没事做，看些要书子，现在，这些人都成了图书室的积极读者，他们说，"红色书，真是好，看了百事都知晓"。保管员方孝球学习了李定国的事迹后，在一次群众会上说："李定国一心为集体的思想，照亮了我的心，我也是一个贫农，应该积极维护集体的利益，今后，我坚决把队上的一草一木管好。"不几天，他就把队上的所有农具通通清理好，编上号码，还建议队长开群众会，制定了爱护公共财物的公约。第一生产队过去有人不相信化肥，知识青年张爱华看了《怎样使用化肥》一书后，主动找队长研究，在两亩田里搞了追施化肥的试验，结果，这两亩早稻比其他条件完全相同的早稻田每亩多收了八十二斤谷子。事实教育了群众，后来，社员在七十亩晚稻田里，普遍追施了化肥，

结果晚稻获得了大丰收。

故事会和业余创作也是俱乐部经常开展的活动。讲故事的人都是生产队的干部和知识青年，夏天乘凉，冬天烤火的时候，只要有几个人围在一起，就讲起故事来。讲的内容有的是电影，有的是小说，有的是报纸上的新人新事。老年社员吴爹听了《红岩》的故事后，第二天就请人写信给在工厂里工作的女儿，要她买本《红岩》，好好学习江姐。社员龚丙清说："这些故事听起来，比老传书有味得多。"业余文艺创作小组主要根据各个时期宣传工作的需要，就地取材，编写诗歌、剧本。第四生产队队长刘正庚热爱集体、积极出工，创作小组就把他的事迹编成快板，到处演唱，社员听了都表示要向刘正庚队长学习，积极争取做"五好社员"。他们编写了两篇村史、五篇家史，向社员朗读，使广大社员受到了活的教育。春节期间，俱乐部又组织三班地花鼓，演出了《湖上风波》《两个队长》《赶集》等五个现代戏，使社员春节生活过得愉快、又节俭、又有意义。

这个俱乐部的活动虽多，但他们一直本着勤俭节约的精神。没有用生产队一分钱，最受群众欢迎的演唱小组，演出的形式很简便：高桌子，搭门板；竹筒子，当灯盏；用的东西自己带，唱戏看戏一声喊。社员很喜欢这种场面，他们说："乡里人不上街，不花钱，经常有戏看。"图书室的图书，一部分是机关赠送的；一部分是县文化馆轮流斟换借阅的；也有一部分是私人凑合的。俱乐部一些必要开支，主要靠积极分子从事义务劳动解决。

白沙洲俱乐部越办越巩固，与党的关怀和热情支持是分不开的。党组织一直很重视俱乐部的工作，经常听他们汇报，给他们出主意，解决一些具体困难，县文化馆也经常派人来做业务辅导，帮助他们培养业务骨干。社员们对俱乐部开展的活动非常满意，他们编了一首顺口溜赞扬道：

　　小型演唱经常有，青年热情搞创作，

　　宣传鼓动真是好，白沙洲上多活跃。

刘翠娥等业余作者在田间休息时研讨作品

# 婚事风波

1967 年初，我被削职为民，每天天粉粉亮就出工，咬紧牙巴骨当个好社员。

在那些年月里，我白天劳动，晚上看书，写作品。

我写的作品大都是请翠娥抄写的，我和她住在一个生产队，她十三岁起就成了我的帮手。

她对我很尊敬。面对我的种种挫折，她禁不住一阵阵心酸，说不出是同情，还是惋惜。一种"亲为亲好，邻为邻安"的感觉油然在她的心中升起。

抢收早稻的一天中午，太阳晒破脑壳。翠娥肩背锄头从棉花土里收工回家，路过斗笠丘，遇到一场"苦"戏。

我不是强壮劳动力，搭配在杨桠桠这一组打谷。中午收工时，杨桠桠要我拿担篾丝箩放在打稻机边，他一手一手地搂桶里水淋淋的湿谷子，使劲往箩筐里筑（堆），筑得满满的，高高的，像两座小"山包"，要我挑到晒谷场去。

我踩打稻机踩得脚打跬，要挑这样重的担子实在奈不何，我便央求："这担谷挑不动。"

"你不挑谷，工分怎么算？"杨桠桠眼睛一鼓，阴阳怪气地说，"割禾打谷，是爷一拳娘一脚的功夫，当然没得写诗那样轻松。"

"我不要工分行吗？"

"你挑得要挑，挑不得也要挑，不要工分也要挑！"

我瞟眼看到了站在田边的翠娥，她抓紧锄头，瞪着眼睛，看样子又气又急，恨不得冲到田里去揍杨桠桠。

刹那间，翠娥向女伴们使个眼色。她们双手把裤脚往上一卷，脱掉草鞋，泥一脚，水一脚地来到打稻机边，她和一个女伴用锄头把抬走一箩谷，胖嫂和一个女伴用扁担抬走另一箩谷。

她们的行动，像晴天一声闷雷震得田里打谷的人目瞪口呆。杨桠桠弓起背心，站在桶边一动也不动。

"咔嚓"一声，胖嫂抬的那箩谷的箩绳断了。胖嫂揉揉肩膀，斜眼瞟着杨桠桠，噼里啪啦地说："装咯样满的谷，你要压死他呀。"

翠娥连忙放下肩上的担子，三脚两步赶拢来，抓住两头断绳，合并一起，一头挽个圈，另一头往圈里一锁，双手紧紧一扪，扭成一个"结"，又把撒落的谷，一捧一捧地捧到箩筐里，让胖嫂们抬走了。

当天晚上，明光晓月。翠娥特地找刘队长奏一本：双抢时节，不能忽视棉花管理，要安排一个好的技术员。陈定国当过科技主任，参加过种棉技术员培训班，懂得种棉技术，让他发挥一点作用，好吗？

刘队长是个能干的队干部，办事公道、果断，他还是诗歌活动的积极分子，省里几家报刊刊登过他全家赛诗的照片。他对我信得过，对翠娥也信得过。因而这一本奏准了。

种棉都是女的，刚开始我与她们很少接触。悄悄地来，默默地做，偷偷地走。

有一次，我和女将们在地头研究根治"红蜘蛛"的对策时，翠娥风趣地说："你这个'光杆司令'，小心我们'杨门女将'把你'抬'起来。"

胖嫂笑着插话："他是我们'抢'来的，好像穆桂英抢'杨

宗保'。"

翠娥和胖嫂们一天一天走近我，这帮女将们无形地给了我智慧、勇气和温暖。

不久，我当上了种棉队长，天天带领这个专业班子，埋头苦干在棉田里。所有的日子都像一个日子，棉田成了我唯一的"避难所"。

我慢慢成了种棉能手，队里的棉花产量年年高，每亩产量由一百二十斤，提高到二百五十斤，赢得大队和公社干部的赞赏。

我在劳动时，仍然"贼"心不死，不想放下笔杆子。省里几家报刊曾与我"单线"联系，偷偷摸摸去长沙参加过戏剧、曲艺学习班。在《湖南日报》《湖南文学》《文艺生活》发表过一些作品。

平日里，为避免麻烦，悄悄地转入"地下"活动，写作品用笔名发表，搞宣传在幕后指挥。

翠娥就是"地下"活动的得力"干将"，有时在俱乐部出头露面，有时在说书场演讲故事，有时在赛诗会朗诵诗歌，有时在剧场里表演节目，有时在房间里抄写稿子，有时在田头研讨诗歌……她成了我的化身，成为俱乐部红人之一，担任了宣传队队长。

由于我们经常在一起，讲闲话的人多了，她家里人也在议论。其实，她已进入"角色"，发现自己已经深深陷进了爱的旋涡，但世俗偏见与真挚感情在心里常常搏斗。

有天晚上，我母亲轻言细语地对我说："我看翠娥对你蛮好，是不是……"

我晓得母亲的意思，便打断她的话说："你老人家想她做媳妇，这是万万不可能的。"

"可能可能。"我女儿清泉跑拢来，帮娭毑打接应。

这怎么不可能呢？

翠娥长得像朵花，二十岁中学毕业后在家务农，闲时帮她母亲种菜，帮她父亲捕鱼。晚上喜爱看书，还热心参加俱乐部文化活动，写诗、跳舞、唱歌、演戏都是热角。

这位勤劳、善良、热情、大方的红花闺女，获得人家的爱戴和信任。上门求亲的"你追我赶"，工人、干部、解放军，还有当官的……但都未被她"录取"，通通拒之门外。

她母亲怄气地问她："穿皮鞋的不爱，要爱穿草鞋的呀。"

翠娥不搭话，笑望着她母亲。

翠娥认为，我喜欢她，但攀亲的事难以启齿。爱是不应该患得患失，斤斤计较，在爱的天平上，男女是平等的，不存在高与低，贵与贱，大与小，美与丑。

中秋节晚上，我母亲和清泉到翠娥家里拜节去了。我站在禾场上，望着圆圆的月亮，感到一种孤独。

出其不意的，我听到屋后的田垄小路上响起一阵慢慢的、轻轻的脚步声，莫不是她来了，真的是她。

这时，一阵醉人的快乐，一阵无限的柔情，淹没了我那懦弱的心。

她见了我，我见了她，都好似水底的游鱼和空中的飞鸟一样，感到一种自由和快乐。

翠娥拿着两个油渍渍、香喷喷、黄灿灿的月饼塞在我手里，我顺手递给她一个，我和她在禾场上愉快地踱步，边呷月饼边谈心。

翠娥问我："今后有什么打算？"

"到哪个山里唱哪个歌？"

"你上'山'了呀！"

"对，我从田里到土里，是上山了。"

"为何不唱'歌'呢？我还记得你写的那首情歌哩"：

> 妹像荷花一样红，
> 长在碧绿池塘中，
> 微风吹动轻轻舞，
> 哥哥一见爱在心。

> 人有情来花有情，
> 爱花就要知花心，
> 谁下池塘敢去摘，
> 就是真正爱花人。

"花就是在我面前，也不敢动手。"

"没得胆量是不是？"

"好汉无钱是笨铁呀。"

"你是说家里贫穷，没得钱就赚吧。"

"赚不到钱哩。"

"那就心甘情愿过苦日子。"

"我还是个'下台'的人哩。"

"下台可以再上台嘛。"

"要是不上台呢？"

"人在世上一台戏，台上台下一样的。"

"你讲得轻巧，世上没得易呷的果子。"

翠娥见我词不达意，有些焦躁不安，便打开窗子说亮话："有人在议论我们，你听到吗？"

"身正不怕影子斜。"

……

我母亲是聋子不怕雷，有胆子向翠娥的母亲摊开了这张牌。

这两位老人蛮知己，谈来谈去，谈到一个共同的语言：崽大爷难做，一碗米由他们自己煮。

我母亲见对方没提出反对意见，就得寸进尺，转弯去套邻居郭家妈的口气。

郭家妈爱做好事。她儿子在公社当秘书，她在左邻右舍中间也有一定的威望。她主张我们两家攀亲，还自告奋勇牵红线，搭鹊桥，便大大方方走进刘家说媒。

刘家虽然当面没撕破脸皮，但翠娥的父亲满腹牢骚，他苦口婆心劝女儿：不要吃错了药，一朵鲜花不要插在牛粪上。你不回心转意，我就一辈子不认你了！

翠娥的情绪很低落，越想越伤心，垂头丧气地从房里走出来。不过，她很快调整了自己的心态，心里想起了我写的情歌：

梅花不怕腊月霜，
团鱼不怕鱼中王，
湖柳不怕涨大水，
连情怎能怕爹娘。


烈火能把柴山烧，
狂风能把大树摇，
若要哥妹不相好，
除非铁锚水上漂！

翠娥不惧她父亲的反对，硬起喉咙说："父亲呀！我和陈定国是钉好的钉子复了脚，坚定不移。"

"混账东西！"她父亲向她脸上扬起一巴掌，但慢慢缩回来了，却落在自己脸上，"哎，"他埋怨自己白白养了一个"忤逆子"。

翠娥担心她父亲找我和介绍人的麻纱，就"一百担八"，大胆表白："这桩事不怪任何人，这是我自己的主张。"

她父亲气得双手抱着脑壳瘫在床上。

翠娥的母亲走到床边劝老倌："各人门口一条路，随她吧。"她转身又安慰翠娥，"崽嚟，陈定国是个诚实人，就定了这门亲。你以后冒得钱用，妈妈会想办法的。你良心好，今后会有一个好晚景。"

翠娥的大哥责怪他父亲："爱气呀，父母难保百年春，你管得她一时，管不得她一世。"

翠娥的二哥在外做泥工，不常回家，几个年纪小的弟弟妹妹也不管事，这场争吵算是慢慢平息了，翠娥脸上露出了笑容。

春天悄悄地来到了人间。

1975年2月25日，旭日东升，阳光普照。我和翠娥顺着养鱼塘、莲子塘边林荫道，肩并肩地走着，心里感到一种说不出的轻松和快乐。先找吴支书拿了介绍信，就到公社去扯结婚证。

公社机关坐落在一个大院内，有10多套办公平房，修得很精致，屋前屋后栽满了花草和树木。我们在院子里走了一圈，不便冒冒失失地敲门，便先找本队的老熟人郭秘书，他热情地带我们去找欧书记，因为欧书记多次过问过我们的婚事，他心中对我的婚事有一册全谱。

欧书记武高武大，讲话直来直去。他独坐在办公桌边的藤椅上，我和翠娥恭恭敬敬地同声喊了一声欧书记，他嗯都没嗯一声，挥手示意要我们坐，放下手中的文件，瓮声瓮气盘问翠娥：

"你是刘翠娥？"

"欧书记，你认得我？"

"看过你的演出，今年 24 岁吧。"

"我的年庚生月也晓得，你真是老百姓的父母官。"

"陈定国多大，你应该晓得。"

"晓得，他在本队退过两堂亲，但不是他的过错。"

"你为什么爱他？"

"我也讲不出子丑寅卯，只晓得他是好人。"

"你图什么？"

"图什么？以后两个人商量过日子，想图什么，以后两人会有计划的，说不定图的东西大得很哩。"

"你跟他不怕受苦？"

"怕苦就不会爱他。"

问到这里，欧书记手一挥："你们回去！"

翠娥心里很纳闷，瞟着眼睛偷偷看欧书记一眼，不敢问个为什么，心想：遇到门坎了。

我和翠娥深感不安，忍不住连连叹气，我惊得出了一身冷汗，她竟然眼泪巴沙。我们急切地盼望建成一个互相关心互相爱护的家啊。

到底是什么原因卡壳？我们默默地往回走，路上坑坑洼洼，风吹得柳枝摇摇摆摆，好像在说："怎么办？……怎么办？……怎么办？……"

没扯到结婚证，好多人议论纷纷，有同情的，有嘲笑的，有观望的，也有嫉妒的。

欧书记快人快语，心里认为我们的年龄相差太大，便打电话请示县委田书记，田书记原是我们区的区委书记，我是他心中的瞩目人物。田书记坦率地回答：《婚姻法》上未规定符合婚姻条件的男女结婚时的年龄界限，即就是男大女小或女大男小都可以自愿结婚。

时隔三天，我们高高兴兴地领到了结婚证，兴奋得不得了。在回家的路上，望着萌芽的杨柳，盛开的桃花，一时兴起，随口说出了一首民歌：

> 湖边杨柳发嫩芽，
> 阵阵春风舞桃花。
> 花伴杨柳红配绿，
> 红花绿叶似彩霞。

婚期已近，翠娥自己动手收拾新房。

我家住的是一间正屋一磨角的茅屋子，堂屋里隔开成前后两间。前间接待客人，十五平米左右，后间作洞房，十二平米左右，屋里是芦柴、稻草制成的泥巴壁，有的地方烂出了"骨头"。翠娥把泥巴壁修整后，在上面糊上了一层牛屎，牛屎上再贴层旧报纸，再贴上一层白纸，好像"白色墙"。

房内只有我祖父结婚用过的后又转到我父亲用过的一张旧床铺、一个室柜。

难道三代人都用这套家私吗？翠娥心想要我买一套新的，晓得我拿不出钱，没开口，只能就现。她自己当起了漆匠师傅，在家私下加上一层红漆。

书桌上摆上热水瓶、茶杯、圆镜、蓝色玻璃花筒，花筒里插了一束红红绿绿的塑料花，这些摆饰都是翠娥从娘家带来的。

那间侧屋也隔开成前后两间，前间是厨房，后间是母亲和我女儿清泉的房间，房里仅有一个旧小木柜和一张旧平头床。

在结婚前一天，翠娥悄悄送来两段青色毛哗叽、两段蓝色灯芯呢、两段黄色凡立丁，并嘱咐我：为你遮面子，这作为你给我的彩礼，托媒人送到我家。

3月15日，正是春暖花开之时。翠娥兴高采烈地被接到我家。婚宴简朴，就是一桌家常便饭。晚上八点，一场让人震惊、稀罕的婚礼在特殊环境中举行。

室内狭窄，婚礼安排在屋前的禾场上。

这晚的月亮圆圆的，加上两盏煤气灯的照耀，禾场上显得格外明亮。那些祝贺的、看热闹的、看稀奇的人挤得密密麻麻，还有一些不愿意暴露身份的下乡检查工作的干部。

在一阵阵鞭炮声中，县里的文化蹲点干部石老师主持新婚典礼，当喊到新郎新娘就位时，翠娥突然失踪。

大家呆呆地坐着、站着，有人悄悄地议论，有人则静静地等待翠娥的出现。

我放下新郎官的身份，直奔翠娥家。我估计她一定有什么急事回家去了。果然，走到离她家不远的小木桥边，就听到翠娥的二哥对翠娥的责骂声：

"你是癞蛤蟆跳进粪缸里——找屎（死）路。"

"今朝是老妹的好事好乐，莫说不吉利的话！"翠娥在辩白。

"你何不跳到河里喂江猪子，你不担心今后会眼泪泡饭呷呀！"

"车到山前必有路，船到江心自然直……"

她二哥平时性格很开朗，会拉胡琴，是俱乐部的主琴手，也是

我的好助手。我和他相处很好，平时对我的处境也深感同情。今晚突然闹吉庆，这不能怪他，因为他对我们婚事的前前后后一概不知，刚从外地做泥工回家，恰好遇上我们办喜事，感到很意外，很突然，当然生气。

我连忙赶拢去，握住他那结满了茧花的手，赔礼道歉："我少礼，请二哥原谅。"

石老师也赶来好言相劝："你了解陈定国的为人。翠娥的选择是不错的。三十年河东，三十年河西，他们以后一定有好奔头哩。你会觉得老妹是有眼光的人哩。"

翠娥的大哥把二弟拉到一边，把前前后后的经过讲得清清楚楚，要他再不闹事。

二哥是个通情达理的人，眼看生米煮成了熟饭，吵也无用，闹也无效，只能见风使舵。他要我当场表态："你今后不准欺侮我老妹，不准这山望见那山高，你能不能做到？"

我连忙表示自己的态度："我能做到，能做到！"

二哥破涕为笑，和大哥一起来到我家，当上了"高宾"，笑眯眯地坐上首席。我走到二哥身边，恭恭敬敬装上一盒"飞马"牌香烟，又把一袋糖粒子塞到他的怀里。

婚礼继续举行。翠娥衣着淡雅，但光彩照人。石老师讲道："陈定国和刘翠娥感情真挚，敢于摆脱世俗偏见，他俩结为夫妻，受到法律的肯定和保护……"

陈定国和刘翠娥结婚照

婚礼的第二道程序是新婚赛诗会。

胖嫂尖起嗓子抢着喊："先请新郎官、新姑娘赛诗。"

我早准备了几首表现我和翠娥爱情的诗，选了一首念出来：

有一条船，

停靠在河边，

有人涉水而上，

有人伸手，要牵，

好像也是乘客，走了，

船老板，

却不想追问过河钱。

只想，来个贴身帮手，

同摇桨，同拉纤，

风里也过，

浪里也串，

在航道上争游，

同谱一湖诗篇。


这人，真的来了，

她痴吗？不痴，

她癫吗？不癫，

不怕河风子扫脸，

不怕浪鼓子乱掀，

不怕跳板子梭动，

不怕舵叶子走偏，

心中有航标壮胆，

一心一意爱上这条船。


要问她是哪个？

亲密的挨在我身边。


　　翠娥站在我的身边，开始有些扭扭捏捏，拿出一张纸来递给我，
要我念。大家不同意，打起了吆喝，她这才向前走上一步，笑着念
了起来：


我是一个巧女人，

真的爱得不相同，

不选金钱不选官，

单单找个土诗人。

不怕家里穷如水，
不嫌衣上有灰尘，
只要诚实求长进，
就是我的意中人。

接着，石老师诵诗：

一轮明月照窗台，
鞭炮一响乐开怀，
定国翠娥成伴侣，
好似莲花并蒂开。

"我送他们一首诗。"妇女主任高大姐红着脸，声声朗道：

陈府门前放礼花，
一对新人乐哈哈，
今天相爱结良缘，
不久就会抱娃娃。

"我也送诗一首，"胖嫂作古正经念：

男不傻，女不痴，
二人结合正当时，

庆贺新婚我少礼，

赠送一首结婚诗。

有几个人争着诵诗……

"我来！"

"我来！"

"慢点，"胖嫂把手一挥，"我还有一首好的"：

俱乐部里笑声多，

陈定国讨了刘翠娥，

娘报幕，女唱歌，

夫写诗，妻来和，

文艺之家添喜色，

生活过得好快活。

"我来，我来，"吴支书清了清嗓子，不急不慢哼起山歌子：

大树不怕风来吹，

芦苇不怕水来推，

男女连情走正道，

任他旁人说是非。

满脸喜悦的母亲一步一步地走到大家面前，微微一笑，她说："感谢大家来凑热闹，我特别爱翠娥，送她几句话。"

燕子展翅进屋来，

唧唧吱吱唱开怀，

唱得满堂添暖气，

全家老小心花开。

"我来献丑。"杨桠桠站在人群中，搓搓手，咳一声。我和翠娥特地邀请他参加我们的婚礼，想不到他也来几句：

那次箩里把谷堆，

糊糊涂涂理太亏，

望君宽容莫见怪，

新婚登门把礼赔。

他这样讲，我觉得难以为情，一边思考一边答话：

不怪你，不怪谁，

人世之间有是非，

同志和蔼重情义，

团结友爱闪春晖。

杨桠桠最后还送了我们四句话：

你爱他，他爱你，

百年到老在一起，

天天过上好生活，

就是神仙也难比。

"今晚是我妹妹的好事好乐，我不该闹吉庆。"翠娥的二哥走到台前，丢掉手里的烟蒂巴，笑着说，"刚才陈定国给我打个耳侧子，要我赛首诗。我献上一首，代表我们全家人的心意，也可说是为妹妹'平反'。"

古树逢春发嫩苏，
有缘之人巧成亲，
祝愿夫妻走好运，
赛首诗歌贺新婚。

# 她的爱在延续

结婚以后，一家三代人过着平静的穷日子。

我家是一本难念的经。翠娥怎样面对家庭现实？她只是默默地忙着，生活着。我对她的感觉是：以真待人，以善待人，以诚待人，以爱待人。

她有不少感动我和家人的故事。

故事之一：有人说，后娘难当。翠娥说，把家里人当作最亲的人，后娘就好当了。她和我前妻的女儿清泉年龄相近，爱好相近，性格相近。在一起同演戏、同唱歌、同赛诗、同跳舞、同劳动、同逛街、同串门，从小就感情很深。我和翠娥的结合，还少不了清泉暗中作舵哩。如今在一口锅里吃饭，她们有了进一步的不解之缘，就更加形影不离，好上加好了。

在我们结婚后的第四天晚上，俱乐部要演出。她便邀清泉一起去参加。清泉担心人家笑话，不想去。翠娥一手拉着她，紧紧抱在怀里，像以前那样亲了她一下，风趣地说："我和你穿的连裆裤，我走你也走。怕什么，别人要笑话，不会笑你，只会吵我要糖吃哩。"清泉一听笑了。翠娥帮清泉化妆，清泉又帮翠娥化妆，二人换上红格子衣服，说说笑笑出门了。

我母亲看了这场演出，觉得清泉穿的那件红格子衣太老色了，便拿出积累的一点私房钱，为清泉做了一件白底子起红花的单裮子。

翠娥对清泉抱歉地说："娭毑想到的，我没想到，对不起。"

有次，翠娥到菜场买豆腐干子，突然发现清泉的亲生娘在菜场摆摊卖杂货。她特地走拢去打招呼，像见到亲姐姐那样高兴，接她到家里来做客。

我悄悄问翠娥："你为什么这样做？"

"这有什么大惊小怪的。我和你是名正言顺的夫妻，她不会有什么其他想法的。清泉和她娘分别以后，一直没见过面。我要让她们经常在一起。清泉不能忘记娘的生育之恩哩。"翠娥还说，"我们是亲情加友情，今后要多多联系。哎，你也要理她，关心她，如果不理她，你就不要理我了。"

这晚，翠娥要我让铺，她和清泉妈睡在一起。她们像亲姊妹一样，亲切交谈，一直谈到半夜三点。

翠娥晓得她爱绣花，在她临走时，把自己心爱的几段花布和自用的几十砣绣花线送给她了。

这以后，清泉妈的杂货摊子就成了翠娥的专卖店，一买就是10多年，一直买到她停业为止。

清泉渐渐长大了，到了结婚年龄，翠娥还舍不得她出嫁，老是说不急不急。几年后，翠娥托人为清泉找了一位在电力部门工作的转业军人。他俩在1978年结婚，翠娥把全家全年出工所分到的70多块钱，全部买了嫁妆，自己还上门送亲。

清泉在电力部门参加了工作，生了小孩，翠娥一一上门送喜。经常是娘看女，女看娘。年年相互做生日，平时送东送西，不分里外，来往十分密切。相互打电话时，谁也不想先放下话筒，有次通话长达五十八分钟，在电话里笑声不断。

清泉结婚的第二个春天，翠娥要去看望我的第二个女儿雁雁。我为她着想，劝她不要去理顺这个关系，避免一些烦恼。

她理直气壮地说："我要去认认我的满女。"

雁雁和她妈妈、外婆住在湘潭江南机器厂，雁雁在校读初中一年级。

这天，我陪翠娥去看雁雁，翠娥特地买了几袋子雁雁爱吃的水果和饼干。我们来到学校，真不巧，学校组织学生外出参加"夏令营"活动，雁雁不在校。我们当晚住在旅社里，第二天赶早又来到学校，一连问了五六个老师，都说不认识陈雁。翠娥问到一位面带笑容的高个子女老师，她说学校里没得陈雁，只有吴雁。

翠娥曾经听说过，雁雁在妈妈面前问起过爸爸，她妈妈说气话，说她父亲死了，陈雁改成跟她娘姓，叫吴雁。

翠娥想到这里，急忙说："就是她，就是她。"

站在身边的另一个女老师告诉我们，雁雁长得似一枝花，会唱歌跳舞，会拉二胡，学习成绩也很好。

高个子女老师把雁雁喊出教室，我们见到她喜得流出了眼泪，连忙走拢去，翠娥亲亲热热喊一声："雁雁。"

哪知她怨气冲冲，眼睛一瞟，转身就往家里跑，边跑边哭边骂："你们这些骗子！"

我们心如刀绞，不便去追她，也不想到她家里去碰壁，只好悄悄地乘车回家。


1987年初春，雁雁终于来到我们身边看望娓弛，看望我和翠娥。全家团聚，充满欢乐。这真是：悲欢离合是非小，情义道德值千金。

事隔两年，翠娥从学校回来，手里亮着一封没拆开的信，高高兴兴走到我面前，笑眯眯地说："好消息，我从学校回来，路过办公室，收到一封家书。"

"家书？"

"家书！"她把信轻轻地塞在我手里。

我拆开信一看，是雁雁母亲写来的，因女儿雁雁在谈恋爱时发生一些摩擦，要我去调解一下。

我说："女儿的婚事由她自己做主，不用我插手。"翠娥批评我："雁雁母亲有难处才求你，她心里有你，你应该去。"

"那你陪我去。"

"不要大惊小怪的。"

翠娥反复催我，把我催到了湘潭，圆了母女的心愿。这时，雁雁已在湘潭江南机器厂参加工作了。

故事之二：翠娥想，媳妇进门，该让家娘在家务上少累点，在生活上舒服点，在心情上愉快点。

在娘家疼娘，在夫家疼婆婆。这是翠娥生活的原则。她说，天底下的儿媳妇都应该有这样的职责和美德，这是为丈夫、为女儿对长辈的一种养育之恩的回报。我宁愿自己过得苦一点，累一点，要好好尽孝。

那天我母亲想吃蒸肉，但旁边肉铺里没得肉卖了。翠娥悄悄步行10多里路去买肉。母亲晓得了，感到不安，跑咯远的路好吃亏哩，明朝呷不是一样吗？翠娥回家后说，想吃肉的时节，呷到口里才觉得肉有味。明朝呷呀，就误了呷肉的兴趣。

夏天，她把自己用的电风扇送到母亲房里；冬天，买个热水袋送到母亲床上。有天晚上热水袋坏了，被窝湿透了，翠娥很伤心，安慰母亲，再给你买个最好的"汤婆婆"。到了晚上，母亲不见"汤婆婆"，晚上怎么过呢？哪知翠娥睡到了母亲身边，把母亲的双脚紧紧抱在怀里，笑着说："我就是你的'汤婆婆'。"因为店子里的"汤婆婆"卖完了，第二天就为母亲买一床电热毯铺在了床上。她在床底下扫地时，发现老鼠在壁边打了个洞。"针鼻大的眼，海碗大的缝"，她不声不响抓把泥巴把洞堵死了。我母亲逢人就说："有咯样好的媳妇，我不愁冷热了。"

母亲和儿媳刘翠娥

我外出开会的一天晚上，俱乐部上演古装花鼓戏《清风亭赶子》。

母亲爱看这出老戏，但早几天左脚被扭伤，不能行走。她心里说：想去看戏看不成啊。

"我背你去。"翠娥晓得母亲的心思，早有打算，笑嘻嘻地来到我母亲面前，落个箭弓桩，要母亲伏在她的背上。

"你背我不动，我不去。"母亲笑着挥手，坐在木椅上一动也不动。

翠娥连忙跑出门，借来一部旧单车，拿着自己一件花格子棉衣垫在单车坐墩上，硬坐变成了软坐，把母亲扶上去。翠娥不蛮会骑单车，怕摔伤母亲，就推着单车走。到了剧场，只见看戏的人挤得没得缝，原想到附近人家去借凳子，也出不去了。她只好双手把住

龙头，自己一脚踏着一个踩脚板，让母亲双脚落在另一个踩脚板上。母亲坐稳了，坐好了，全神贯注看演出。而翠娥全神贯注在单车上，双脚双手就是支撑点，脚发软不动，手发麻不挪，好好稳住单车，不惊动母亲，让她安安稳稳、快快乐乐看完这出戏。母亲开玩笑地说："这出戏不是《清风亭赶子》，是'媳妇孝家娘'。"

翠娥真是一个好媳妇，经常为母亲洗澡、洗脚、剪指甲，做好吃的，几十年如一日，比自己的娘还亲。

故事之三：翠娥认为丈夫是妻子的头，因而，她大小事情都为我着想，让我挤出时间创作，家务事不要我拢边。屋里先后三次搬家，房子要收拾装修，匠人师傅进哒屋，老板磨得哭。她就是磨得哭也不要我操心，本来她身体虚弱，有些男人家做的事，就不要她做。她横直不肯，千斤担子一肩担。

她既是我的热心保姆，又是随身"秘书"，既是特聘"编辑"，又是第一读者，既是启蒙"老师"，又是贴心学生。这样的故事多哩，先亮几个小镜头：

第一个镜头：床前候审。

六月炎天的一个晚上，我为俱乐部赶写一个反映村里农业丰收的演唱节目。她怕我被蚊子咬，在天黑时节就烧起蚊香。还不放心，就拿起大蒲扇坐在身边轻轻地摇。可是又怕打扰我的思路，便干脆叫我坐到蚊帐里，关我的"禁闭"。我写到转钟一点，她给我送上几个热烘烘、香喷喷的藜蒿粑粑。让我坐在蚊帐里"吃夜宵"，我也请她"吃夜宵"——看初稿。

这是一个快板演唱节目，通篇用的一个"子"字韵。她认为写得生动，却有两句台词生硬：

菜油装满只只大缸子，

苎麻挤破仓板子。

她说，最大的一只缸子也难装上 10 斤油，装机油的油鼓子一只装得上百斤油。苎麻比喻芦苇好，芦苇砍伐后一堆堆地堆在河边上待船运。

翠娥这一槌打在点子上，我和她反复推敲，改为：

菜油装满一船一船油鼓子，

苎麻码得好像湖州上的柴堆子。

作品演唱后，深受好评，经过反复修改，在省里的《群众文艺》上发表了。

第二个镜头：药变鸡蛋。

有天晚上，我一边为她在煤炉子上熬感冒药，一边写作品。写着写着，忽然听到笼里鸡叫，急忙起身一看，药罐子成了瓦片子，药渣子成了炭末子。我猜想，她会说我只有稿子，没得妻子。

她见到我那熬红的双眼和疲倦的面孔，一声不响。不一会儿，她送来一大碗荔枝桂圆煮鸡蛋，笑着说："药变鸡蛋了。"

我觉得不好意思，忙说："这碗'药'归你吃，算是我赔礼道歉。"

"这是你的任务。"她把这碗鸡蛋塞在我手里。

天已亮了，我吃了鸡蛋，就急忙出门。她晓得我是为她去买药，一手拦住我："你现在的任务是睡。"

第三个镜头：活的字典。

陈定国和刘翠娥商讨作品

她文化程度比我高，又懂拼音，就自然成了我的老师。我有时写一篇作品，有些字老是搬不得家。问她时，她不用翻字典，对答如流。她说她是我的"活字典"。

在一篇散文里，我写了这样一句话：

"她躲在门缝里。"

她说用词欠妥，改成：

"她躲在门旮旯里。"

我被"旮旯"两个字卡住了，她用手指在我的手板上一上一下地写。她说："大作家周立波的方言用得好，好好向他学习。"

第四个镜头："上朝奏本"。

那时，翠娥是幼儿园教师，仍担任文艺宣传队队长，她在召开的诗歌创作文艺骨干大会上，当着大家的面，自告奋勇地向主持会议的人进言，要求重新起用我。

这一提议，如同铁锅里炒黄豆，炸得蹦蹦响。会场里的人接二连三打接应。胖嫂从座位上站起来，那热切的眼光扫在每一个人的脸上，绘声绘色地说："省里来的作家说我们诗乡是一艘船。我说陈定国就是船上的老板。我们离不开他。"

后来，经公社党委研究决定，认为我表现好，就把我拉出来，我恢复了原有的生气。虽说未正式"封官"，但在台前唱主角，白沙洲的群众文化活动又活起来了，人们自然陶醉在欢乐之中。

1976 年 10 月，党组织认为我是有功之人，选送我出席沅江县农业学大寨先进代表大会、湖南省农业学大寨先进代表大会。

# 诗乡，你长大了

党的春风吹得心里暖滋滋的，我觉得创作的路子越来越宽广了，大胆地拿起了笔杆子。

铲掉杂草好栽花，
剪去败叶好长瓜，
道路广阔好迈步，
捷报映红满天霞。

民歌《四化蓝图色色新》、小演唱《我们队里女司机》、独角戏《种子发芽》、地花鼓《催春》，相继在《湖南日报》等报刊发表。

1976年年底，全县全面恢复乡文化站，县委宣传部和白沙洲党委决定我担任乡文化辅导员。

我上任的第一天，恰好乡政府召开三级干部会，大小干部都来了，这是宣传文化工作的有利时机。党委欧书记同意我在大会上发个言，讲开展文化工作的做法，讲开展文化工作的要求，在讲到文化工作的重要性时，讲了这样一段话：我们的经济建设得到了大发展，在发展经济的同时，必经要同时提升文化力，提升精神力，提升道德力。而不是经济发展了，道德下降了，更不应该是经济上去了，信仰失掉了，那就会产生失衡，就像一只大鹰，它要是一个翅膀硬，一个翅膀软，一个翅膀长，一个翅膀短，这只雄鹰，飞不高，飞不久，甚至在空中盘旋若干个圈以后，它会降下来。中国要腾飞，白沙洲要腾飞，这只雄鹰要有经济的翅膀，文化的翅膀，白沙洲村为什么没得打牌赌博的，没得装神弄鬼的，没得偷东偷西的，白沙洲村人为什么思想作风好、为人品德好？就是文化这个翅膀起了作用。最后，我提高嗓门，大声大气地说：我们要响应党中央大力发展农村文化事业的号召，促进文化的大发展、大繁荣。

讲到这里，大家响起一阵鼓掌声，都说我讲在点子上。

文化这个大摊子在全乡铺开了，不久，乡政府的会堂改建成文化大楼，设有剧院、广播站、文化活动室，很快就建起电影队、业余剧组、创作组。电影队和业余剧团以剧院演出、放映为基地，每月到各村送戏送电影；创作组收集作品，每月编印诗集；广播站每天开辟本地新闻和自编自唱文艺小节目。每个村办起俱乐部，以俱乐部为活动中心，经常开展创作、板报、演唱、故事等文艺活动。我以文化站文化活动为龙头，以白沙洲俱乐部为重点，带动了全乡群众创作活动和群众文化活动。白沙洲的那班热角更加活跃了。1981年7月，我们迎来了全省群众文化工作经验交流会，白沙乡文化站、白沙洲创作组被评为全省文化先进单位，我被评为全省先进个人。白沙乡被省文化局授予"诗歌艺术之乡"荣誉称号。

进入二十世纪八十年代，县里招聘一批城镇知识青年担任文化辅导员，我是农民，不是招聘对象，自然要退"位"。我是要求继续留在文化站，还是回家承包责任田发家致富呢？一种搞好基层文化事业的责任感涌上心头，决定泡在文化窝子里，果断地选择了走文化这条路。

县文化局党组同意了，破例留下我这枝"独苗"，由原来的半脱产到全脱产，每月工资三十元。我不讲报酬，不顾家庭生活好坏，起早摸黑，专心致志地活跃在白沙洲上，为人民大众提供精神食粮。

有一天，益阳地区文化局党组书记、局长夏鼎高，群众艺术馆党支部书记、馆长尹志斌来到白沙乡，见了党委欧书记的第一句话："我们是来看望陈定国同志的。"这话说得我脸红了，心跳了。领导这样关爱我，抬举我，使我干劲倍增，我应努力努力再努力！

一道喜讯传来，各级党组织和文化单位推荐我评上了全国农村文化艺术先进工作者。

翠娥为我实现了第三次上北京的心愿，十分喜悦，她那圆圆脸上的两个酒窝笑成两朵花。

这天晚上，家里挤满了乡村干部、父老乡亲和俱乐部的同志，满堂洒满了欢声笑语，胖嫂这个响爆竹，开口就是民歌：

> 状元三次上北京，
> 翠娥立了一大功，
> 夫妻合作出奇迹，
> 一曲颂歌震洞庭。

我能第三次上北京，这是党组织和群众的功劳，从心底感谢大家，我讲了四句话：

> 众人搭桥力无穷，
> 诗乡通往天安门。
> 今天我上北京去，
> 功劳还是搭桥人。

前二排左二陈定国

这次盛会是新中国成立以来农村文化艺术战线的第一次群英盛会，我开玩笑说新旧开了两年，这就是从 1981 年 12 月 24 日开到 1982 年 1 月 3 日。会议在首都剧院举行开幕式，在中南海怀仁堂举行闭幕式。我们听取了文化部代部长周巍峙的报告。他要求我们想农民之所想，急农民之所急，振奋革命精神，克服困难，艰苦奋斗，进一步加强农村文化艺术工作，促进生产，移风易俗，为建设社会主义精神文明，为满足八亿农民对文化生活的需求做出新的贡献。

在大会期间,《大会简报》刊登我的诗歌。

《中国农民报》发表我的组诗《我写山歌有点"癫"》:

我写山歌有点"癫",

一夜写得好几篇,

都是群众心里话,

嚼到口里香又甜。

白天山歌伴我走,

晚上山歌伴我眠,

山歌伴我处处唱,

我和山歌结良缘。

一次开会上北京,

山歌为我驾车船,

二次开会上北京,

山歌为我发了言,

三次开会上北京,

山歌为我出盘缠。

山歌为何这样好?

只因为,

首首山歌党发源。

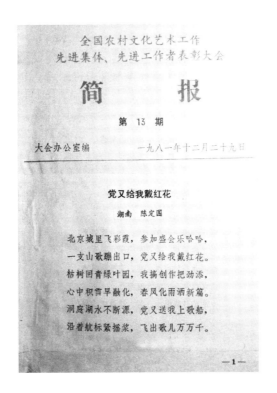

我参加这次盛会，收获很大，扩大了眼界，学到了经验，提高了认识，明确了任务，增强了信心。

我从北京开会回来不久，翠娥提醒我，你要更好地活跃在广阔的天地里。不爬官路，不爬财路，还是继续爬这条文路。

这天，省文联来信告诉我，省劳动人事厅正在破格选拔人才。不久，益阳地委、沅江县委就推荐我列入选拔对象。但选拔要有一个条件，必须参加大专学历考试，成绩合格。我听了这消息又喜又急，喜的是有了机会，急的是文化水平低。

文化局局长邓远康、文化馆馆长周正清为我打气："我们相信你会考出好成绩，我们一定接收你工作。"

有个乡干部劝我："算了，不要费力，坐在飞机上钓鱼，相差

太远。"

小学生考大学，的确难度大，但凭我平时自己学到的知识，决心再努一把力，顺着桅杆扯风篷。

离考试还有一个月，我独自躲在益阳师专，不是开"特餐"，而是自己单独起"伙食"。没得老师教，没得同学帮，自己苦学，找文科班的同学借来50多本有关书籍，堆在书桌上，"啃"了一本又一本，找选题，寻答案，"抢"读、"抢"记。不分白天黑夜，熬得茶不思，饭不想，睡不着。

1983年8月25日至27日，我和五名自学成才的工人、农民在益阳师专参加省劳动人事厅组织的破格考试，五人应试，八人监考，好紧张啊。

经过两天考试，成绩合格，师专专家鉴定：已达大学专科毕业水平。

1984年1月18日，益阳地区行政公署劳动人事处、文化体育处、文学艺术界联合会对我进行了考核：

陈定国同志现年43岁。男性，汉族，中共正式党员，沅江县白沙公社社员，现为白沙公社文化站辅导员。全家6人，均系农村户口，务农为业。

1982年12月，沅江县人事局、沅江县文化局根据工作需要和陈定国的政治思想表现及实际业务能力，要求录用其为群众文艺辅导干部。之后，我们对该同志进行了认真的业务考核，现将考核情况及意见综述如下。

陈定国从1957年开始练习业余写作，并组织本大队创作活动。1958年起在公开报刊发表作品，迄今为止，共发表和出版诗歌、曲艺、戏剧、小说、散文及评论等各类作品和文章 250 多件。其中：诗歌 1400 多行，折算字数 7 万；曲艺唱词 4500 多行，折算字数 15 万；小说、散文、剧本、评论字数共 16 万。以上共计字数为 38 万多。他创作的作品，大都紧密配合党在各个时期的中心工作，有鲜明的时代特色和浓厚的生活气息，为群众所喜闻乐见。他的作品中，有 35 篇作为优秀作品选入省以上出版社出版的多种专集，在省内外有较大的影响。花鼓戏《双定计》等一些戏剧曲艺在全省很多农村业余剧团上演并受到观众欢迎。故事《红鲤鱼三胜野鸬鹚》，1982 年获我省最高规格的全省文艺创作奖。另外，他的诗歌《驾着铁牛唱丰收》和曲艺《心向集体》分别被选入湖南省新中国成立三十周年优秀诗歌选集和优秀曲艺选集两书。

陈定国在组织群众文艺创作方面成绩突出，他任组长的白沙洲大队创作组，在他和其他骨干的努力下，25 年来坚持业余文艺活动，曾多次得到县、地、省和中央的表扬、奖励。被国务院誉为"诗歌之乡"。陈定国曾以个人的事迹和作为创作组的代表，3 次上北京，出席了全国第二次青年社会主义建设积极分子代表大会、全国文教群英会、全国农村文化艺术工作先代会。

陈定国既是创作的多面手，又擅长于组织辅导群众文化艺术活动，因而受到省里有关部门的重视。他先后被吸收加入中国作家协会湖南分会、中国曲艺家协会湖南分会、中国民间文艺研究会湖南分会三个协会。省作协认为他"在创作上取得了很大成绩"；省曲协、省民研会认为陈是他们"两会的优秀会员之一"。

陈定国在群众文艺创作和业余文化活动中被认为是益阳地区成绩突出的先进人物，在群众文化战线影响深远，受到文化部门的重视和业余群众文化工作者的信任。

对陈定国的业务和学识水平考核，我们采取请专家鉴定和委托益阳师专命题考试的方法。省作协、省曲协、省民研会及周健明（省文联副主席、省作协副主席）、刘勇（省作协副主席）等同志都认为陈定国"语言文学知识水平实际已达到大学程度"。陈定国参加益阳师专五门专业课程考试，全部及格，师专证明他"已达到大学专科中文专业的毕业水平"。

根据考核情况，我们认为陈定国在写作和群众创作辅导业务上已达到相当熟练的程度。实际业务工作能力已达到大学文科毕业生水平，完全能胜任群众文艺创作、活动的辅导工作，可予录用。

农民诗人陈定国坚持业余创作 24 年

原载 1983 年 3 月文化部《群众文化》 任其舜 摄影

# 登上文化大舞台

1984 年 3 月 12 日，我正式转为国家干部，离开了生我、养我的白沙洲。

故乡人对我的走出并不感到突然。白沙洲创作组已有 90 多人走上了国家工作岗位。第一个离开白沙洲的是立伢子，他读完了高中，回家种田，我把他推到俱乐部，当我的助手，后来又推荐他外出参加政治学习，转为干部。在这些人中间，有人当上了大学教授、专家、工程师、书记、文艺编辑，还有在国外当银行行长的……

我已"走"过多次，都被"缠"住。娘家不准"出嫁"，我就打算在娘家做老女。在娘家度过了我的童年、少年、青年时代，快到"天命"之年了。

这次，他们放我走了，要求我不忘记自己的创作，不忘记自己的诗乡。

1984 年 4 月 10 日，春意浓浓，微风阵阵，我穿着一套蓝色中山装，挑着一担行李，兴高采烈地来到草尾镇。

陈定国第一天到草尾镇上班

草尾是沅江北部的一个繁华大镇，水陆交通方便，街道布满洞庭湖的特产，交易场所的粮食、棉花、苎麻、鲜鱼、湘莲等各种农业产品甚多，远近客商和叫买叫卖的人川流不息。这里有"小南京"之称。

沅江是全省的一个大县，省文化厅早在五十年代初就批准沅江建立草尾文化馆，属沅江县文化馆分馆，也是全省第一个县级分馆，负责沅江北部地区的文化工作。县里下文，要我担任草尾文化馆馆长。这里是我借书学习、增长知识的第一个窗口，是我走上创作之路的第一个码头，能来这里工作我当然高兴。

到任后我召集馆里的同志开会，把工作分成三大块：一是抓乡村群众文化活动；二是抓馆办文化活动；三是抓镇办文化活动。在馆办活动上办好宣传橱窗，增添图书，创办录像厅，开设桌球室、乒乓球室，开展有偿服务。镇上的文化活动联络各部门支持，好在我是县政协文体组组长，草尾区政协组长，讲话有点灵气，采取单位出钱、文化馆出力的"借鸡生蛋"办法，同时充分调动全镇政协委员、人大代表、黄埔同学、文艺骨干、业余作者等80多人，带领群众经常开展知识抢答赛、歌咏赛、讲演赛、球赛、故事会、赛诗会等活动。草尾地区的群众文化活动开展得有声有色，我被益阳行署记大功。

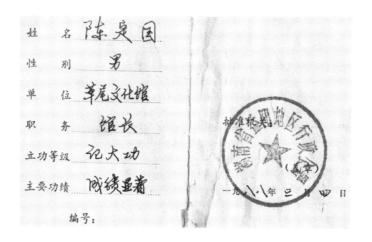

在搞好工作的同时，坚持我的业余创作。有一天，碰到一位老乡问我："你在草尾工作，知道草尾的来历吗？"我不知道，但认为这应该知道。不久，我拜访了十多位老人，挖树盘根、顺藤摸瓜，掌握资料，写了草尾、乐园、新安三个地名的民间文学故事：

## 草　尾

草尾因地处"青草湖"之尾而得名，但还有一个神奇的传说。

清朝末年，沅江北部有个三十出头的大汉子，名叫游乐生，他头上长个无名疮毒，时常引起全身抽筋，痛得要命。有人说是"肿块"，有人说是"瘤"。

回春堂药铺的华先生，与他是谜友，常在一起猜谜子，两人相处很好，特意为他诊病。经过一段时间的细细观察，慢慢医治，但效果不太明显。

游乐生瞒着他，悄悄外去求医，跑过多少药铺，找过多少郎中，服过多少苦水，仍然无济于事。无可奈何，只好又回到回春堂药铺，头一天入睡时，头部抽筋，痛得咬紧牙齿，双眼紧闭，一声一声痛哭："哎哟！不得了！"第二天，腰部抽筋，第三天，腿部抽筋。一日三，三日九，断断续续抽筋，每次巨痛的时间一般是五至七秒钟，没发痛时，就和正常人一样。

这一天，游母来看儿子，儿子坐在桌边呷"芦笋煮河鱼"。他又突然发病，脑部抽筋，痛得倒在母亲怀里。母亲看他面如土色，问道："乐生，你受得了吗？"游乐生说："痛起来要命呀！"

游母含着一包眼泪，呷饭后，呆呆地坐到儿子床边。游乐生看着母亲一脸哭相，心如刀绞，劝母亲不必担忧。

游母擦一擦快要滴落的泪水，自言自语地说："哎，何理不担忧啊。"她沉默片刻，讲起了家中的悲惨往事。

一百多年以前，游家有一种遗传病，男性长瘤，引起抽筋，游乐生的父亲、祖父、曾祖父都是久病难医，扛不过四十岁这一关，就活活痛死了。快到四十岁的儿子又染上此病，怎么不着急。

游乐生听了母亲这番话，差点瘫倒在地上，神魂颠倒地坐了一阵，便问母亲："娘，这种病无药诊吗？"

游母摇摇头，告诉他，他祖父当年寻遍天下，也有得一个郎中敢医这种病。他父亲发病时，请沅江一位包治百病的江湖郎中看过，这位江湖郎中也有治过这种病，但愿意试试。他父亲在那里医治半年，病情居然得到了控制，而且有好转的迹象。可惜，药功还差点点到位，他父亲活到三十九岁就死了。

游乐生眼前一亮，忙问母亲，现在能找到那位江湖郎中吗？游母叹道："你父亲临终前，曾嘱咐我，一见你有发病的预兆，千万不可耽搁，马上要去找那位郎中，还是有一线希望的。只是已经过了三十年，那江湖郎中当年已经是五六十岁的老人，如今是九十多了，不知在不在世。"

游乐生一听，既然有一点线索，也该去打听一下。于是，他对华先生谎称外去走亲戚，租只风网船，一个人在洞庭湖的码头、港口、湖洲、渔岛四处访寻江湖郎中。

几天后，来到沅江莲花坳，一打听，江湖郎中号称小华佗，在洞庭湖一带，很有名气，医术超人，但早已去世，倒有几个徒弟，都在琼湖镇行医。

游乐生在琼湖镇找到江湖郎中的几个徒弟，但他们觉得这个病症难治，师傅诊不好的病，他们就更无能为力。

尽管游乐生很失望，但不想死，再次回到回春堂药铺，华先生照常给他服药，但游乐生照常发病。

游乐生心灰意懒了，横下一条心，算了，算了，多活几十年，少活几十年，到头来都是死。他不诊病了，要华先生结账，华先生劝他，必须继续诊病，药费分文不取。游乐生感激不尽，还是拱手辞别。

游乐生回到家里的第一天，华先生不由分说地送药上门，对他说："我天天为你备药，你要天天服药。"第二天，华先生又送药上门，游乐生望着他一声长叹："华先生，我得的是死病，诊不好的，你昨天送的药冇吃。"

华先生听了，心里很不舒服，居然生气地责问他："嘱咐你天天服药，这是回春药，死草逢春会复生呀。"游乐生心里一动，他是为我好，就是死马当活马医，说不定能治好我的病。于是，拱手赔礼道歉，一定按时服药。华先生还嘱咐他，多呷点芦笋煮河鱼，他在华先生家里常吃这道菜。

这以后，游母天天到华先生那里取药，再也不愿误了他的时间。

半月之后的一天，游乐生坐在椅子上正在翻阅谜语书，华先生手提一个棕红色小罐进屋来了。不用说，里面装的肯定是那道好菜。华先生把小罐放在桌上，游乐生揭开一看，果真是芦笋煮河鱼，热腾腾的，香喷喷的，他几口几口呷个精光。呷完后，嘴巴一抹，就要和华先生猜谜子。

华先生看了他的神态，似乎有些好转，笑着说："我要猜你身上的这个谜，近晌感觉如何？"游乐生高兴地说："我正要告诉你，已收到意想不到的效果，更是非同寻常，有七八天没有抽筋了，你的是神药呀，我要吃断这个病根。"

一晃就是一年多，游乐生头上那个瘤慢慢消失了，全身再也不抽筋了。

这天，游乐生备好厚礼，上门感谢华先生救命之恩。这时，华先生才告诉他，你的病是我父亲诊好的。

游乐生闻听大惊，忙问："你父亲……"

他父亲就是那个死去的江湖郎中，他临终前终于摸到了治疗游乐生父亲的药方，但没有来得及，自己去世了。临终前，将此药方告诉了华先生，并嘱咐他要找到游乐生，防止他染上遗传病，如果发作，要暗中保护，耐心医治。

游乐生听完这番话，恍然大悟，激动地说："你父亲和你真是好人呀！"说完，磕头不止。

华先生连忙把他扯起来，要他好好保重身体，你已扛过了四十岁，此病在你家断根了。

游乐生为以防万一，便查问这个药方，华先生笑一笑："这药方你应该知道，就是'草尾'。"（那时节，有人把刚出的芦笋叫草尾），游乐生为记住这个良方，把华先生行医的这地方叫草尾。如今芦笋出名了，畅销全国各地；草尾也早出名了，成了湘北的繁华集镇，有"小南京"之称。

## 乐　园

唐朝大历年间的一天傍晚，大贤叔同妻子驾渔船来到青草湖边，靠岸过夜，正忙着做饭时，忽听有人喊买鱼。大贤叔忙抬头一看，渔船旁边突然靠拢一只客船，船头上站着一位书生模样的老年客官。在几句闲谈中，他知客官来自长安，随带家眷漂流洞庭，途经青草湖，随船栖居一晚。大贤叔夫妇都是善良好客之人，便邀请他们上渔船吃鱼。难为大贤叔一片盛情，客官和妻子、闺女，从船舱跳板上走上渔船，盘腿而坐。

矮桌上摆满"鱼席"，大贤叔一边向客人敬鱼一边说，我们渔船上就只有鱼吃，吃鱼有鱼道，鲇鱼尾、鲤鱼嘴、鳊鱼肚皮味最美；宁愿晚上不睡床，不愿丢了才鱼肠；才鱼汤，鳜鱼花，吃到口里味最佳。两家同船共餐，心中十分快乐。饭后，大贤叔送客官过船，才问起客官尊姓大名，这才知道，他就是诗圣杜甫。

杜甫在沅江青草湖诗兴大发，留下了"洞庭犹在目，青草续为名"等优美诗篇。青草湖的渔民把杜甫夜宿之处，喊成"种乐"，示为快乐园地，得到种种快乐。因而此地修垸，取名种乐垸；此地建乡，取名种乐乡。此地建村时，根据"种乐"二字的含义，更名乐园。

乐园，现为湖南省新农村建设示范点。全村辖21个村民小组，712户，2860人，总面积6100亩，以粮食生产、水产养殖、劳务输出以及蔬菜、苗木、花卉种植为主要产业，稻田、旱土耕作全部实行机械化。2016年，全村农业总产值近8亿元，集体经济收入近50万元，农民平均可支配收入达2万元。早些年，全村村民都集中住上了楼房居民点。乐园，是洞庭湖区第一个小康之村。

## 新　安

南宋时期，农民起义领袖杨幺第一次战役占领了洞庭湖，儿子南寨主屯兵青草湖芦苇荡。有一天，杨幺带兵攻打桃源，留守后方的儿子擅自带兵直奔桃源助战，不料深夜迷失方向，一位老妈妈深知义军是好人，便要自己的孩儿为义军领路，不幸中箭身亡。

杨幺对儿子南寨主的此次出兵行动，非常不满。为严肃军纪，执意杀子治军。众将念他儿子是义军一名健将，屡战屡胜，此次出兵是为保父杀敌，便纷纷向杨幺求情宽恕。杨幺大声疾呼："义军抗金灭宋，全靠军法，我儿子犯下大罪，如不执法，怎能治军。"杨幺立即下令，他儿子南寨主被推出斩首。

杨幺失去儿子，心里十分悲痛，他联想到为义军领路的孩子妈妈同样也十分悲痛。他追认这位妈妈和她的孩儿为英勇义军，发动人马，在芦苇洲筑土台，建高楼，修起一座孩儿城，把孩儿的灵位立于高楼之上，安排孩儿妈妈来此处安家。

初秋的一天，杨幺在荒地巡视，发现湖边渔船上有孩儿啼哭，原来孩儿的父母亲被敌军打死，独坐渔船，饥寒交迫。杨幺把他抱上自己的战船，收养在孩儿城，并下令，要义军在洞庭湖寻找无家可归的孤儿，护送孩儿城，不到一月之久，很多孤儿都在孩儿城重新安家。这个芦苇洲就取名新安。

新安，现为沅江市草尾镇行政村。

1990 年 6 月，我调到市文化馆。

翠娥从八形汉学校调到市区百乐学校，她带着母亲和两个小儿子，随我住在文化馆。（大儿子陈威，现为国际职业培训师协会高级培训师。小儿子陈珂，现为国家劳动部高级化妆师、国家文化部形象设计师）

刘翠娥 1977 年入党，后评为十佳模范共产党员、教书育人先进个人。多次出席全市先进个人表彰大会，报纸上报道她是"妈妈老师""妈妈校长"。后来又考上了国家教师，多年担任学校校长。我们家连续几年被评为市"五好家庭""双文明户"，后被中国教育学会家庭教育专业委员会等单位授予"全国模范家庭"。

在文化馆，我担任办公室工作，是个不带"长"的参谋。我给自己定了十二字行为准则：尊重人、团结人、爱护人、帮助人。我在馆里年年评为先进，评一次优岗，就加一级工资，我工龄短拿的工资却比老同志还要高。

市文化馆几任馆长、副馆长都是我的好朋友，也是我的好老师。

我和舒放馆长在未成同事以前，一起参加过县里举办的创作辅导班。他爱与文人相亲，亲如兄妹，宁愿放下自己手头的创作，专心帮助别人改作品登报、出书。我发表的作品和出版的书，都有他的汗水和墨水。

我与徐六一馆长亲如手足。他上班时，工作雷厉风行，敢于负责。一有事，总喜欢扯着我一起走，他常说，我是他的"一只手"。我经常为群众文化活动出谋划策，有时在台前，有时在台后，有时当主角，有时当配角。

在迎接香港回归时，我向馆长提出三条建议，一是举办香港回归知识抢答赛，我拟写赛题，二是联络沅江金融系统合办由他们出资，三是在益阳农业银行借套抢答赛新设备。徐馆长是一位工作积极，敢于负责办事认真的热心人，我跟随他上门联络，市委宣传部的领导出面召开协商会议，达成共识。香港回归祖国那天，我们在明珠夜总会大舞厅举办喜迎香港回归知识抢答赛。金融系统挑选30名参赛手，以单位分为六个抢答组，他们沉着应战，思维之弦绷得很紧很紧，时刻准备抢电铃、亮红灯，施展一秒之争，全场呈现着团结、紧张、严肃、活泼的良好气氛，热闹非凡。在场的宣传、文化部门和金融系统的领导干部及三百多围观观众，无不拍手叫好。

市委宣传部领导在总结会上说，这次活动形式是空前的，赛出了智慧，赛出了风格，赛出了水平。

当时，《湖南农村报》、湖南《文艺生活》、中国农业银行主办的刊物等八家媒体相继选登了我拟写的"香港回归知识竞赛一百题"和"我爱香港"智力游艺。

## 一、谜语

| 千人一日游， | 左丞右相去远方， | 香港一歌手， |
|---|---|---|
| 巷口观水流， | 帝王着装坐中央， | 世间很少有， |
| 环绕两口井， | 打开正门迎贵客， | 首次亮歌喉， |
| 夕阳隐山丘。 | 把住牛年论短长。 | 高唱九九九。 |
| （每句一字） | （每句一字） | （一贵重物） |

## 二、巧填成语

| 东 | | | |
|---|---|---|---|
| | 方 | | |
| | | 之 | |
| | | | 珠 |

| 一 | | | |
|---|---|---|---|
| | 国 | | |
| | | 两 | |
| | | | 制 |

| 归 | | | |
|---|---|---|---|
| | 归 | | |
| | | 归 | |
| | | | 归 |

## 三、妙语答题

赵家两兄弟到香港去旅游，哥哥坐飞机，弟弟步行。谁先到香港呢？哥哥自豪地讲了一句俗语。结果，弟弟先到香港。哥哥敬佩弟弟，又讲了一句俗语。最后，哥哥问弟弟："今年 7 月 1 日，谁最早到香港？"弟弟把手一挥，兴高采烈地也讲了一句俗语。同志，你知道这三句俗语吗？

## 四、灯谜

可口溪水（中国地名）

九个晴天（四字新词）

花舟靠岸（四字新词）

重阳团聚（四字新词）

巷口井台谁管水（四字新词）

今日重庆（两句四字新词）


"我爱香港"智力游艺答案：

谜　　语：香港回归　一国两制　华夏大钟

巧填成语：东山再起　一举成名　归心似箭

　　　　　千方百计　富国强兵　物归原主

　　　　　一世之雄　三言两语　叶落归根

　　　　　掌上明珠　如法炮制　众望所归

妙语答题：先到为君，后到为臣；莫道君行早，更有早行人；

　　　　　笨鸟先飞。

灯　　谜：香　　港　旭日东升　香港回归　九九归一

　　　　　港人治港　党的生日　香港回归


《湖南群众文化》还发表了我写的歌词《深圳河》：


深圳河是一条船，

摇到这边摇到那边，

装载声声呐喊，

牵动缕缕思念，

顶撞呼呼风雨，

抨击滚滚浪尖。

啊！

历史的航程充满险阻，

像河里流水奔腾回旋。


深圳河是一条船，

走过万里走过百年，

送走曲曲悲歌，

运来桩桩心愿，

摇响串串笑语，

激荡页页诗篇。

啊！

时代的航船迎风过渡，

从今天奔向美好明天。


　　"生活是创作的唯一源泉。"我仍然把白沙洲当作生活基地，把这里的渔民、农民当作知心朋友。我每一次回到白沙洲，都要走走我那难忘的赛诗园地，看看我那留恋的演出剧场，会会我那亲密的同伴"热角"，听听我那熟悉的湖乡山歌。

　　我在文化馆工作期间，人家见我就喊"老师"，老师有老师的水平，既要辅导别人，又要不断提高自己。就创作而言，要有新作品、好作品问世。这就必须扩展视野，在火热的生活中观察生活、体验生活、寻找生活，在生活中找亮点。

那天是星期日，我和翠娥回故乡。我和朋友们交谈时，听说我们白沙乡西安村有个叫曹学华的回乡知识青年，白手办起柳编厂，成为一名走向国际市场的农民大商人。我感到震惊，立即请创作假，深入柳编厂，与曹学华交朋友、做徒弟。逼出一篇四千多字的报告文学《杨柳"红"了》：

1983年的春天到了，洞庭湖区的杨柳逆出了娇嫩的新芽，那透明的银灰色，让春风一拂，转眼变成了淡淡的鹅黄色，给大地端出了一个如痴如醉的绿色平原。也就在这时节，沅江县白沙洲西安村里，出现了一个步入国际市场的农民"大商人"。

一

他，曹学华，一个回乡知识青年，二十九岁，健谈、乐观，嘴角常挂着天真顽皮的笑意，那双明亮的眼神喜欢盯着远方，好像总有探寻着什么。

初春的一个深夜，他见到邻居廖冲贤家还亮着灯，便随着屋边那条公路走去，廖冲贤和妻子何金莲正在编织柳条筐。

廖冲贤和何金莲是春节刚刚结婚。何金莲在娘家时，承包了一批编织品，结婚时还有少量产品没有完成，便带来几捆剥了皮的白柳条，在婆家继续加工。廖冲贤自然成了她的陪伴，为她选用柳枝，有时也动手织一织，暽学这门手艺，艺多不压身嘛。

曹学华看在眼里，朗朗笑道："看你们忙得蛮有意思，收不收徒弟？"

何金莲搬张椅子递给他，心直口快地说："你也想学？"

曹学华屁股坐在木椅上，翘起落马脚，神气地说："我想托你们的洪福。我们两家联合办个柳条编织厂。怎么样？"

廖冲贤听他谈了正经事，忙把椅子挪拢了几步。

"那好！讲到我的饭碗里来了。"何金莲鼓起圆圆的眼睛，一边编织，一边说，"你屋里那位'观音菩萨'不会打禅卦呀？"

"不会的，她开始蛮担心，我就对她讲了几条理由，第一，我们湖乡的杨柳多于牛毛，充分利用本地资源，这叫靠山吃山，靠水吃水；第二，姑娘不会做鞋，嫂嫂有样，有你这位新娘子出来唱主角，不愁这台戏唱不好。是吗？"

何金莲将手里的柳枝掀得沙沙响，笑着说："你讲的比唱的还好听，要办厂，你就当头头。"

曹学华风趣地说："我这次来你家'会谈'，我爱人一直把我送到机场上，就是阶基上、禾场上呢，还发表了一篇热情洋溢的讲话。"曹学华讲到这里，伸出右手的拇指和小指，"全文六个字，'祝你马到成功'！"

## 二

初春的杨柳，由萌芽绽苞到吐叶抽条了。曹学华和爱人刘凤英日日夜夜守在廖冲贤家里。一是学柳编技术，二是帮帮忙，突击完成何金莲最后的业务，好另起炉灶，独立门户。时过七天，何金莲、廖冲贤到南县三岔河去送货，曹学华、刘凤英也跟着去了，想开开眼界，长长见识，学学技术，交交朋友。真巧，在那里赶时髦得到一条信息：四月十五日，广州举办春季出口商品交易会，将有外国商人对柳条织品看样订货。

他们马上从三岔河赶回来，来了一个紧急行动：

——筹集资金。

——购买柳条。

——编织样品。

何金莲那双灵巧的手，拿着一把白柳枝，插上插下，串来串去，好似织女飞梭。每天，各式各样的花盆和花篮从她手里编出。有的像莲蓬，有的像荷花，有的像荷叶，有的像采莲船。她的对面，坐着曹学华、刘凤英、廖冲贤三位徒弟。他们聚精会神却又笨手笨脚地在学织样品。何金莲像看守机器一样，一双眼睛盯在他们手上，有时走近细经指点，有时对爱人廖冲贤骂一句"蠢宝"。

曹学华编的样式独出一色。他受爱人头上盘的那对青丝辫启发，试织了辫口腰形篮，并给它涂上一种少见的色彩。

这个色彩的定型，还有一段来历哩。

有一次，曹学华到益阳出差，在竹器店看到一个外国商人手里拿着个烟嘴子，耍来耍去。这烟嘴子有什么巧？曹学华麻起胆子接近他，指着烟嘴子，笑一笑，学着一口普通话："这个好？"

外国商人点点头，说："这个好！"

好！曹学华大胆地推理：外国商人爱这个烟嘴子，一定有爱上烟嘴子这种颜色的因素。

从益阳回来，曹学华就开始试制这种颜色。这是一种什么颜色？像酱色，又不是酱色；像棕色，又不是棕色。曹学华跑到长沙，向中南矿冶学院的老师求教，在他们无私的援助下，他反复配料，精心制作，终于获得了成功。

经有关单位鉴定和批准，曹学华带着七十八件样品，高高兴兴地参加广州春季出品商品交易会。

# 三

广交会开幕那天，曹学华随着看热闹的人群挤进了样品展览馆。大厅里，各色各样的商品琳琅满目，如花似锦。他无心欣赏，却像一头放飞了的小牯牛，直往前头冲，一直想找到自己样品的摆设处。

这里，是这里，终于找到了。他望着自己那些色彩鲜艳、式样美观的花篮样品直发笑。可一上午过去了，不见一个人订货，他急了，急得左右团团转，急得头上出了毛毛汗。

第二天一早，他干脆逛大街去了。可谁知中午却得到通知：外商看中了辫口腰形篮，订货金额达九万三千元。

曹学华喜得打了一个大哈哈，得意扬扬地说："这一网撒得好，要捞几条大鱼了。"

下午三点报道，外商订货金额增加到十七万元。

曹学华喜得跳起好高，笑着说："这比洞庭湖的水还涨得快呀！"

突然传来了一个数字，外商订货金额已到二十七万多元了。

当工作人员要他在成交书上签字并保证按时按质交货时，他的手发颤了。

签字吧，样品是何金莲带样带出来的，成交产品都要达到样品的标准，我们有几个何金莲！要在冬季前把货交清，这靠我们行不行？辫口腰形篮的成交高，但独有这个产品难织，它所需的柳条难办：粗，不过四毫米；长，不少于两尺。这要花多少人力！我们的厂房在哪里！资金哪里来？

不签字吧，与来自美国、英国、日本等国家和中国香港地区的商人成交三十五种产品，能为国家换回外汇十八万美元。

签，车到山前必有路！

想到这里，他挺挺胸膛，拿出笔来，工工整整写下了"曹学华"三个字。

## 四

曹学华还在广交会，家里人好急呀。廖冲贤沉默寡言，好像和尚失去了腊肉，不好开口；何金莲行坐不安，好像驮肚婆望崽，只想早些见个分晓；刘凤英愁眉苦脸，好比王宝钏苦守寒窑，只望"西凉"有信。好不容易盼了十五个日日夜夜，总算把曹学华盼回来了。

曹学华一到家便甩出了在广州想到的那几个问题。他们一合计，立即采取了两条办法：

一是与外地联合。他们先后到湖北省监利县以及本省的南县、宁乡等地，联络了柳编专业，本着自愿、互利的原则，实行统一生产计划和产品款式标准，分散就地加工，组成柳编联合体。

二是在本地招聘。曹学华考虑，柳编是一门轻巧细致的功夫，适合妇女干，便派了何金莲、刘凤英去组织"娘子军"。

至于厂房问题，曹学华自然是找村干部商量了。恰好，那天村干部都在王支书家里开会。一见面，王支书就问他们办厂还有什么困难。曹学华说："我们的摊子扩大了，人也多了，就是少个'窝'，想借用大队部那八间空房。"他一边说，一边看动静，"如有别的原因，我不蛮干；如有人眼红，我们出钱买。"王支书马上与在场的同志们研究了一下，借用不行，要他们拿钱买房子也不好，厂子刚办，钱用亏太多，对生产不利。最后决定把那八间房子租给他们，每年租金五百元。事情顺顺当当地办好了，喜得曹学华乐不可支。房子还不够，曹学华又采取分户加工的办法解决了。

真正困难的是经费。为这事他们动了很多脑筋，最后的方案是：

自愿互利，合股投资金。这粒棋子动得好，把全班人马调动起来了，连那些伢妹子的嫁妆、彩礼也自觉停办。一投百，百投千，千投万，几天工夫，就把这个家底子凑得差不多了。不足部分，曹学华在信用社、县农业银行贷了一笔款。

真是事在人为呀。

他们的柳织品送走一批又一批，国外特约成交书来一次又一次，为国家换回了六批外汇。

去年七月的一天，曹学华接待一位领导同志时，高兴地亮出了这样几个数字：

"创产值四十一万元，为国家换回外汇十八万多元。我们自己抓了不少票子，那些不会种田又不会种棉的细妹子，也抓了不少票子。目前，这里已联合办起了十多处家庭柳编厂，看来势，我们村很快就会变成'柳编村'了。"

这位领导兴奋地说："杨柳本是绿色，你们把它染'红'了，为祖国的春天增添了色彩……"

曹学华也高兴地说："我们也是杨柳，是时代的春风把我们染'红'的。"

洞庭湖边，杨柳"红"了，生活的画面是五彩斑斓的哩！


1985年2月15日，这篇作品在《湖南日报》发表，后来被湖南省文联收入《湖南新时期十年优秀作品选》。

又一偶然的机会，我到菜场买菜，发现街边河里停靠一艘大渔船。船上挂起"渔家小吃"的红旗子。原来是家乡的渔民在渔船上办起了流动"渔馆"，我上船与老板、顾客攀谈，面对这种生活环境，深深感到这是改革开放带来的新事物、新气象、新特色，值得一写。

我回到家里，就动笔创作。1997 年 7 月，在中国曲艺家协会主办的《曲艺》杂志上发表我创作的独角戏《城里人上街》：

　　锣鼓声中，乐大叔兴高采烈地上。

　　（唱）洞庭渔民会生财，

　　　　　船上巧把鱼馆开，

　　　　　篙子一点伴街走，

　　　　　顾客欢笑涌船台。

　　（白）你看看，大街的河边上挤一排大划子，船头上扯起一面面"渔家小吃"的红旗子，船舱里养起活蹦乱跳的鱼公子、鱼婆子，一手抓起来动刀子，丢进液化气那个火炉子，盖子一盖就泛热泡子，一眨眼就可动筷子。

　　（唱）动筷子。

　　（白）真是美味呀！

　　（唱）脚鱼清蒸出掉壳，

　　　　　巧用香料炒出来，

　　　　　热腾腾的、香喷喷的、辣呵呵的、油渍渍的，满桌子游客

　　　　齐动手，筷子挤得把队排；

　　　　　红烧乌龟最贵重，

　　　　　它是唯一的、难买的、好呷的、最补的，湖乡水产算头牌，

　　　　　乌龟"鸡鸡"最好呷，

　　　　　补气生津体不衰；

　　　　　才鱼剥皮切成片，

　　　　　下锅只要等汤开，

　　　　　筷子一挟把河过，

蝴蝶飞到口里来；

鳝鱼干炒炒出水，

锅里再把菜油筛，

炒出一锅"太极图"，

看一看，闻一闻，就会流出口水来。

（白）还有好呷的！

（唱）春天草鱼最走俏，

夏天鲤鱼是王牌，

秋天鲫鱼热门货，

冬天鳝鱼摆擂台，

要呷鲇鱼天天有，

要呷螃蟹随时来，

湖乡名菜随你点，

随到随把酒席开。

（白）渔船上真是好生意，来往的客人川流不息。

（仿汉寿口音）"老板，来一大盆红烧乌龟！""红烧乌龟呀！"（仿桃江口音）"老板，我们呷才鱼（日）！"（仿宁乡口音）"脚鱼好呷，我们呷脚鱼。""来了——来了！"人人呷得脸上笑嘻嘻，嘴上油渍渍。都说，这样的鱼馆哪里找，就是在深圳、香港也难呷到这样湖乡新鲜名牌菜哟！

（唱）名牌菜，

洞庭湖边放光彩，

都爱水上这条街。

好多游客来了不想走，

好多外商来了还想来。

不想走，还想来，喜开怀，乐开怀，

睡在堂客怀里还想这条街。

北京、上海、深圳、广州、香港、台湾，

很多地方来了信，

只想到这里来出差。

（白）同志们哟，我这个城里人也到这条街上出差去！

音乐欢快，乐大叔向观众频频招手，下。

有次在洞庭湖过渡，看见一条捕鱼船，一个黑胡子老汉站在艄舱里轻轻摇动双桨，一个蓄短发的渔家妹子伏在船边上收取渔网，网上挂满活蹦乱跳的鱼，喜得渔家妹子满脸是笑。我心情触动，想出一首渔歌：

渔家姑娘最爱俏，

千里洞庭当镜照，

秋波扯动长江水，

笑声追得鱼儿跳。

我把这首渔歌告诉市里文联张主席，他说，创作就是写人、写生活，你这首歌有新意，这是你这位农民诗人的又一个新起点。

有人却提出不同意见，不该用"秋波"二字，"秋波"就是"扯眉眼"。

有人不同意这个看法，渔家妹子放眼洞庭，她"扯眉眼"是一种乐趣，美感的追求。

翠娥也认为，这首歌实际是情歌，写情歌为什么不能写。

我想，我们洞庭湖生长鱼、生长米，也生长情歌。翠娥给我讲过一对男女刚刚恋爱就要结婚的故事，我就写成情歌《叫我怎么好回答》：

> 一夜难修大水塔，
> 一天难建拦河坝，
> 刚刚相会就说爱，
> 我的哥呀！
> 叫我怎么好回答。

> 棉花未纺怎织袜？
> 桃子未熟怎能呷？
> 刚刚见面就成亲，
> 我的哥呀！
> 叫我怎么好回答。

翠娥唱过一首旧情歌《十绣荷包》，我就写成《妹坐船头手拿针》：

> 妹坐船头手拿针，
> 要为情哥绣枕巾，
> 一绣湖边红日出，
> 二绣龙船闹洞庭，
> 三绣堤边杨柳绿，
> 四绣湖州芦苇青，

五绣荷叶随风摆，

六绣莲花满塘红，

七绣水上鸬鹚跑，

八绣河里鱼成群，

九绣沙滩白鹭飞，

十绣鲤鱼跳龙门，

绣好枕巾送给哥，

哥哥可知妹的心。

我一写就是几十首情歌，寄到中国民间文艺家协会主办的《民间文学》杂志。1985 年 11 月，发表我一整版《洞庭情歌》。1986 年 10 月，《民间文学》又发表我一整版《洞庭情歌》。

### 哥妹湖边谈知心

荷花红来杨柳青，

哥妹湖边谈知心，

要学莲籽心一颗，

莫学泥藕节节空。

### 不要移花别处栽

洲上芦笋长成柴，

情哥天天望妹来，

九年不来九年等，

不要移花别处栽。

## 只怪河边人眼多

哥哥放鸭唱支歌，
妹妹划船伴边梭，
心想喊哥船上坐，
只怪河边人眼多。

## 除非铁锚水上漂

烈火能把柴山烧，
狂风能把大树摇，
若要哥妹不相好，
除非铁锚水上漂！

## 妹子含糊到今朝

船儿又摇又不摇，
网儿又捞又不捞，
有话又讲又不讲，
妹子含糊到今朝。

## 妹不跟哥不强求

妹不跟哥不强求，
东水不流西水流，
腊月梅花处处有，
三月鲤鱼满河游。

悠悠诗情
农民诗人陈定国

### 看见妹子莫乱想

河边杨柳年年长，
看见妹子莫乱想，
水上浮萍不生根，
缸里养鱼难得长。

### 坐在船头拿起针

坐在船头拿起针，
绣个鲤鱼跳龙门，
千两黄金也不卖，
妹要送给有情人。

### 假装挑水看情郎

屋里还有水一缸，
妹去挑水为哪桩，
只因河边渔船到，
假装挑水看情郎。

### 只想开口讲句话

太阳落水把船弯，
哥妹同路把鱼担，
只想开口讲句话，
心里好像浪鼓子翻。

## 金丝鲤鱼尾巴红

金丝鲤鱼尾巴红，
一游游得到洞庭，
朝着渔妹跳出水，
问她想不想男人。

## 急坏哥哥一个人

天上有云偏要晴，
妹妹有心偏不情，
情与不晴难做主，
急坏哥哥一个人。

## 假心假意不成双

杨柳搭桥桥不长，
芦苇开花花不香，
交情要交真心话，
假心假意不成双。

## 小妹一心追大哥

杨柳逢春叶子多，
小妹一心追大哥，
桅杆搭桥起得跑，
木板当船过得河。

**哪有樵夫不爱柴**

妹说我的哥——

不是好树不要栽，

不是好船不要开，

不是好歌不要唱，

不是好心不要来。


哥说我的妹——

铺里有货敢挂牌，

肚里有戏敢上台，

手里有钱敢挑货，

哪有樵夫不爱柴。


  后来，我陷入了深层次的思考。新诗的发展越来越快，起先是句子大体整齐，后来就有大量的长短句了，后来又不押韵了，后来又干脆不要标点符号了，到现在，又有朦胧诗了。那些民歌，人们就是不屑一顾了。如果再这样下去，不要十年二十年，青年人就不会知道民歌是么子东西了，我们民族的优秀文化就失传了。那是多么痛心的事啊。我虽说年纪老了，但精力还充沛。搞一个大工程，系统地收集整理洞庭湖民歌，并进行一定的研究，发表一些专门的论文。

  我的兴趣越来越浓，决心越来越大，我计划创作一本《洞庭情歌》。便邀我的随身"秘书"，走渔村，上渔船，访渔民，给他们唱新情歌，又找他们要旧情歌。我攀着老倌子、后生子"追花探蜜"，翠娥缠着嫂子、妹子"挖树盘根"，在采风中，得到了智慧，增添了"营养"，在一年时间内，磨出《洞庭情歌》两百首，被中国文学艺术界联合会等单位评为特级作品，获准参加中国国际文学艺术博览会展销、拍卖、出售版权。《文艺报》《文学报》《湖南日报》等报刊相继发表报道。《文学报》誉为我是我国第一位把文学作品作为商品走向国际市场的农民作家。

文艺报 1994. 10. 15

## 农民作家陈定国的 诗歌将上博览会拍卖

**本报讯** 生长在洞庭湖的农民作家陈定国将把自己的《洞庭情歌》（200首）送到中国国际文学艺术作品博览会，在博览会上展销、拍卖，并出售版权。

陈定国原只有小学文化程度，从小受到湖乡山歌的熏陶。在河边看牛时，喜欢折枝柳条在沙滩上写一写，用这支绿色的"笔"，凑成了泥土上的诗。1957年初春，家乡的书记和乡亲们鼓励他把这诗"搬"到了稿纸上，报刊编辑部的同志帮他把这诗登到了报纸上，书本上。这以后，搬上全国、省级报刊的作品有480多件（首），获奖的有18件。曾被评为"全国农村文化艺术先进工作者"。 （劲 草）

益阳地区文联主席、评论家伍振戈为诗集《洞庭情歌》写序：

## 最深还是洞庭情

八百里洞庭风光如画，风情如诗，风味如酒，迷恋和陶醉着古今多少生活在她的怀抱里的富于才情的儿女？

陈定国就是其中之一。他与洞庭湖有着悠悠情缘。他在洞庭湖温馨的怀抱里，洞庭湖在他依恋着的心里。

洞庭湖乡，柳堤拂翠，稻香飘溢，远捕归帆，渔村夕照的故土生长鲜鲜亮亮的鱼米，生长温温煦煦的希望，也生长甜甜美美的爱情。陈定国的《洞庭情歌》，就是这风月无边的爱湖中清冽的一勺。

"人生是花，而爱是花的蜜。"（雨果语）爱情是一个古老而又常新的生活命题，具有神奇的魅力。在爱情的境界里，一切相关的事物总是都蒙上一层可爱的玫瑰色，显得分外温柔、美丽而迷人。泰戈尔说："爱就是充实了的生命，正如盛满了酒的酒杯。"这正是它珍贵的价值所在。

从陈定国《洞庭情歌》中的一些意境幽美的作品中，我们可以读出这位农民作家的一颗纯朴深笃的爱心。你听："妹坐船头手拿针，要为情哥绣枕巾，一绣湖边红日出，二绣龙船闹洞庭，三绣堤边杨柳绿，四绣湖州芦苇青，五绣荷叶随风摆，六绣莲花满塘红，七绣水上鸬鹚跑，八绣河里鱼成群，九绣沙滩白鹭飞，十绣鲤鱼跳龙门，绣好枕巾送给哥，哥哥可知妹的心？"这"十绣"歌用传统的民歌铺陈手法，将真挚的情爱审美化，读之如洞庭清风徐来，令人神爽。再听："（男）妹像荷花一样红，长在碧绿池塘中，微风吹动轻轻舞，哥哥一见爱在心。（妹）人有情来花有情，爱花就要知花心。谁下池塘敢去摘，就是真正爱花人。"坦诚地表达男女青年之间的相互倾慕及对爱情的大胆追求，颇有"有花堪折直须折，莫待无花空折枝"的率直和热切。再听："烈火能把柴山烧，狂风能把大树摇，若要哥妹不相好，除非铁锚水上漂！"这种对爱情坚贞专一几乎可与汉乐府民歌（上邪）中的"夏雨雪，天地合，乃敢与君绝"媲美。再听："一夜难修大水塔，一天难建拦河坝，刚刚相会就说爱，我的哥呀！叫我怎么好回答。棉花未纺怎织袜？桃子未熟怎能呷？刚刚见面就成亲，我的哥呀！叫我怎么好回答。"委婉地表达真切的规劝，话语中闪烁着东方女子温厚贤良的理性意识与伦理之光。通览《洞庭情歌》，我们可以看出它的一个鲜明特色，那就是"扫除腻粉呈风骨，褪却红衣学淡妆"（鲁迅语），即于平淡中寓浓烈，朴实中见深情，充分体现了一位扎根故土的农民作家的本色。

陈定国的《洞庭情歌》广义地说是他献给故土的一支真情的生活牧歌。他在该书的自序中说："我从你的怀抱里走来，难舍我飘香的故土，留恋我钟情的家乡。"不难看出，他的整个生命、事业、追求和梦想都和飘香的故土紧紧地连在一起，他的这种文化情结是永远也解不开了。

最深还是洞庭情，陈定国永远在洞庭湖温馨的怀抱里，洞庭湖永远在他依恋着的心里。我相信，生长鱼米、生长希望、生长爱情的洞庭湖，一定会馈赠给他更多的诗。

我在文化馆工作十七年，先后二十四次被评为嘉奖、优秀、三等奖、记大功、先进工作者、优秀共产党员；当政协委员十二年，热心参政议政、写提案、热心写文史资料、热心组织和参与政协文体组活动。政协六年评比，我六次榜上有名。

# 写好人生这部书的"后记"

2000 年 12 月 31 日，我正式退休。当天，我写诗勉励自己：

迈开脚步响咚咚，

走过黄昏走早晨，

人生高峰无止境，

黎明过后又黎明。

我写格言鞭策自己：

退休人员在人生旅途中画上了一个句号，如果把句号看成一个"零"，"零"就成了新的起点，写好人生这本书的"后记"。

花甲之年如同寒冬腊月，但寒冬一过，就是播种的春天了，好好把握时光，继续辛勤耕耘，为大地增添一份收获。

有理想，有追求，活着才有意义；有志气，有奋斗，人生才有价值。

从退休这天起，是人生最后一个新的起跑线。跑不跑，跑向何方？有个好友深知我家境贫寒，退休时存折上仅有六角钱余额。他多次催我"下海"，找一条脱贫致富之路。我迟迟不肯出"征"，劝也劝不醒，请也请不出，拉也拉不动。又有人对我说，退休后的一件大事是健康长寿。这对我来说是提到边了。因为我认为，动笔杆子也能健康身体：创作需要动脚，深入下去熟悉人，锻炼了体能；创作需要动脑，延缓智力衰退，预防老年痴呆，锻炼了思维；创作需要动手，动笔写字锻炼了手指，能刺激大脑中枢，锻炼了大脑；创作需要动心，精神集中，思维统一，排除心中忧虑和烦恼，使生活充满乐观，锻炼了心态。换句话说，即使创作不利于健康，我也要创作。因为我的心早被"艺"字陶醉，决心重操旧业，由业余创作转为"专业"创作。

## 诗谜创作

这年的春节前夕，有几个单位举办春节文艺活动，请我写灯谜。我采用新民歌创作方式，创作"四句头"意思相互连贯的诗谜。我爱作诗，诗是从田里耕出来的；我爱作谜，谜是从诗里耕出来的。

> 家里哪个大，
>
> 天下哪个大，
>
> 数目哪个大，

时间哪个大。

打一常用政治名词：祖国万岁。


九九重阳菊花香，

菊花九九庆重阳，

重阳落下菊花雨，

园中角落飞芬芳。

打一二字口语：旮旯。


一道电光震长空，

一场春雨洒田中，

一把宝剑银光闪，

一曲赞歌传美名。

打一名人：雷锋。


种谷下水要过筛，

汽车开动先查胎，

河里行船看航道，

提拔干部莫乱来。

打一二字口语：重视。


和和睦睦住一楼，

串门走户笑点头，

人为人好多关照，

家家户户春常留。

打一电影名：喜盈门。


洞庭船工浪里行，

登山队员爬险峰，

抗洪大军水里滚，

作战将士地为营。

打一四字成语：饱经风霜。


写着写着上瘾了，一年就写出了五百首诗谜，编成《陈定国诗谜选》。

我的两个儿子陈威、陈珂看了诗谜选，写了一篇评论《喜看花红又一春》：


回家探亲时，爸爸就把自己创作的《谜语诗》塞在我们手里。高兴地说："这是见面礼。"我们深知，这"礼"是爸爸用心血和汗水育出来的一束奇花。

我们记得，在进入二十一世纪的第一天，也是爸爸离开文化馆工作的第一天，他给我们打电话，在谈到退休时，讲了两句诗："春蚕不死丝不尽，胜日再看笔生花。"爸爸还幽默地说：我"升级"了，由业余创作走向了"专业"创作。

爸爸从小受到湖乡山歌的熏陶，在田里做泥巴时作出了诗。那"作"劲很大，从20世纪50年代到今天，笔耕不止，在报刊上发表小说、散文、报告文学、诗歌、歌词、文学评论、民间故事、戏剧、曲艺一千余件，出版五本专著，有数十件作品夺魁，国务院、文化部多次为他授奖。爸爸的创作经历，还在全国先进代表大会上做过典型发言。

爸爸退休后的第一天，开始"精耕细作"，在一行行的诗里，播下了特殊养料，生长出一种诗中有谜，谜中有诗的谜语诗。

爸爸的诗谜，从一定的文学属性出发，把住时代气息，注重谜面创作，真是"一首谜语一首歌"。诗谜中充满激情、真情、豪情，抒发对党、对祖国、对人民深深真挚之爱。

一个新字谜这样写道："家里哪个大？天下哪个大？数目哪个大？时间哪个大？"四个问句，问出了全国各族人民的一句共同祝福："祖国万岁。"再看一个词语谜："白云山上景点多，边走边看唱新歌，唱得山水齐欢笑，唱得大地成富窝。"用朴实的语言，生动的比喻，精美的画面，勾出了人们最赞美的"南方谈话"。

谜作赞美祖国的大好河山，更是情思奇巧。爸爸用"旮旯"两个常用字的字形制作字谜："九九重阳菊花香，菊花九九庆重阳，重阳落下菊花雨，园中角落飞芬芳。"这个字谜运用多变，字义折合分明，每一句都是叙述的"旮旯"，表达贴切，意境清新。它告诉我们：我们的祖国无限美好，到处百花盛开，飘香四季，连一个小小山村角落都是美好的。

爸爸的这本《谜语诗》，共有五百首，是在退休后的第一年创作的，内容丰富，品类繁多。写了政治、经济、文化，还写了自然风光、农事劳作和其他生活。有对祖国的歌颂，有对干部的赞美，有对家庭的愿望，有对邻里的热爱，也有对人们的鞭策。

爸爸在作谜时，继承和借鉴了"韵谜"的创作手法，运用民歌上口、易记、易懂、耐人回味的特点，以诗化的句式增添了谜作的情韵和意境，更好地展示了"韵谜"的艺术魅力。这本诗谜有自己独特的风格，也富有创造性。当然，这些诗谜往往是随感而作，顺口成章，尚可再提炼、再提高。说不定这诗谜还会流传下来，博得更多人的喜爱。

我自己也写了诗谜选的后记《谜恋》：

前年，一家杂志社约我写谜语，这激起我的兴趣，也想步入中国谜语殿堂，采撷"谜"花。

我爱写民歌，就从民歌开道。我限定自己每天制条健康有益的谜语，谜面四行体，意思连贯，押韵上口，既是诗，又是谜。创作诗谜，对我这个从未制过谜的人来说，难度更大。我是"初生牛犊不怕虎"，在舒放老师的指导下，越写越来劲，不到一年的时间，就育出五百多株"幼苗"。

我请南洞庭猜谜高手曹子辉同志做我的第一个"园丁"。他顺藤摸瓜，细细品尝。觉得"甜"得多，"酸"得少；"成熟"得多，"未成熟"得少。如何更好地进行"栽培"，出了一些点子。我又请谜语界行家、中华灯谜学术委员会委员舒放同志鉴定。他十分热忱，拿着那支写秃了尖子的老牌钢笔，像老师给学生阅卷一样，有批改，有点评，对那些新字谜、动物谜、植物谜、自然谜、用品谜基本上打上了"对钩"，而对有些词语谜、成语谜毫不留情地执行了"枪毙"。所犯何"罪"？

先请看一条词语谜：神州更旺路更明，大地更新春更浓，山河更美花更艳，祖国更强旗更红。谜底"江山多娇"。这谜面是一首较好的民歌，作为灯谜，就无谜味了。谜就是谜，切不可把谜底作谜面的原意解释（江山多娇是谜面的原意解释）。而是有意识地利用汉

字，汉语的特点进行"别解"，使猜谜者像捉迷藏一样感到有"趣"。别解不是常规思维，而是一种非常规思维。就是说，不要正面去想，要脑子转一个弯。

将这条词语谜的谜目改为"外国地名"，谜底别解为"美国"，扣住谜面，我们祖国越来越美好。但制灯谜有条规则，不允许谜面与谜底上有重复出现的字。谜底是"美国"，谜面上有"美"字，"国"字，那就犯规了，便把"美"字改为"壮"字，把"祖国"改为"中华"了。

再请看一条词语谜：有个恶歹徒，偷盗公安图，警笛一声响，成了阶下囚。谜底飞蛾扑火。后改为"找死"。这都是原意解释，最后别解为"过关"。偷公安图是犯法的，有罪过，就要拘留关起来。这样别解，这谜就入迷了，有点妙趣横生，余味无穷之感。

我在创作过程中，还运用了会意、借代、问答、形象、谜格等多种制谜方法。我就是这样学习学习再学习，创作创作再创作，修改修改再修改，提高提高再提高。

我愿这些诗谜"幼苗"得到更多"园丁"和爱好者的培育。

## 民歌创作

有人说，民歌不走俏了，但我还是爱民歌。2003年9月1日，组诗《一曲春歌动地来》（23首）在全国多家报刊发表，转载。获全国征文金奖，有的诗歌还被红旗出版社选为格言出版。

### 城乡处处百花鲜

祖国是座大花园，

花儿朵朵展新颜，
"三个代表"润大地，
城乡处处百花鲜。

## 祖国更强旗更红

神州更旺路更明，
大地更新春更浓，
山河更美花更艳，
祖国更强旗更红。

## 一曲凯歌震天涯

一片青苗冒新芽，
一园鲜花似彩霞，
一面旗帜迎风展，
一曲凯歌震天涯。

## 春歌飞九州

春风吹绿柳，
春雨遍地流，
春晖化冰雪，
春歌飞九州。

## 长沙城里景色新

长沙城里景色新，

橘子洲头飞彩虹，

岳麓山前花枝俏，

望城坡上喜争春。


## 人生高峰无止境

迈开脚步响咚咚，

走过黄昏走早晨，

人生高峰无止境，

黎明过后又黎明。


## 勤勤恳恳为人民

堂堂正正无私心，

干干净净一身轻，

老老实实多做事，

勤勤恳恳为人民。


## 抓住土地巧剪裁

一曲春歌动地来，

农民喜把财门开，

一手牵着春光走，

抓住土地巧剪裁。


## 要把土地当商场

作田改换新主张，

调整产业莫瞎忙，
因地制宜谋发展，
土地好似大商场。

## 带领群众奔小康

书记为民奔四方，
日夜操劳很繁忙，
工作抓在点子上，
带领群众奔小康。

## 人民安乐才心宽

手中有权不是官，
而是船上方向盘，
沿着航道掌稳舵，
人民安乐才心宽。

## 艰苦奋斗力争先

四化建设快扬鞭，
改革开放抢时间，
与时俱进闯新路，
艰苦奋斗力争先。

## 路上留下朵朵花

村民推车把山爬，

书记牵绳紧紧拉，

汗珠落在脚印上，

路边留下朵朵花。


## 我们同住一座楼

我们同住一座楼，

串门走户笑点头，

人为人好多关照，

家家户户春常留。

红旗出版社

陈定国 同志：

　　首先祝贺您撰写的 1 条格言被红旗出版社最新出版的《新时期中国共产党人优秀格言选集》一书收录。

　　《新时期中国共产党人优秀格言选集》一书是由中共中央主办的党刊《求是》杂志社红旗出版社2005年5月份最新推出的一部用共产党员闪光的格言，来全面反映新时期中国共产党人学习和实践"三个代表"重要思想，树立和落实科学发展观，坚定共产主义理想和中国特色社会主义信念，体现当代共产党人思想智慧和价值取向的新书。本书的出版为"弘扬先进文化，缔造时代先锋，保持共产党员先进性"这一文化主题活动注入了新的活力，对推动全党开展保持共产党员先进性教育活动，具有特殊教育意义。您作为一名共产党员，又是本书的直接参与者——作者，为本书的顺利出版做出了一定贡献，为此，红旗出版社特别对您所付出的辛勤劳动表示感谢，并祝您在新的发展阶段为我党做出新的更大的贡献。

　　特此致贺！

《入选格言请见背面》

（印章：出版社 2005年5月）

**编纂志书**

一次偶然的机会，我又步入了志书写作行列，几年的生活体验，写成了一篇纪实散文《我写志书》，发表在《文艺报》上。

这天上午，退休在家的我正写小说，文化局老领导光临，说最近沅江市政府传达了全国第二轮地方修志工作会议精神，局里决定编写文化志，请我主笔。我担心不能胜任，老领导说：你在文化窝子里滚了五十多年，是个"文化通"，编写文化志是最合适的人选。这样一说，我不好再推辞。再说写志书要牵涉方方面面，有机会熟悉更多的人更多的事、积累更多的创作素材，于是，我高兴地接受了任务。

几天后，我参加市志办举办的修志人员培训班，增长了史学知识，学到了编写方法。懂得了一条准则，写志书不像写文学作品，不能虚构，要以史为鉴、实事求是、突出特色。市志办要求修志人员认真修志，力求出精品。

我放下手中的创作，到文化局跟班，每天到得早，有时被"铁将军"拦路，局里就给我一把铁门钥匙。最好的"钥匙"是局里保存的那一卷卷档案，条目清楚，内容丰富，再加上那些积极配合、热情支持的"活档案"，工作得心应手。市志办的领导、教授不断指导并审核把关，仅9个月，在全市率先完成第一部局级单位志书，市政府、市志办很满意，整理经验材料在全市推介。

没想到，档案局也来"抓"我。他们要抢救、挖掘诗乡白沙洲档案。这事说在我心坎上了，早有这个愿望。白沙洲是诗的村落，农民爱写诗，1958年被国务院誉为"诗歌之乡"，周恩来总理署名发给奖牌。我是喝白沙洲的水长大的，在家乡当"文官"20多年，

对这里的每一首诗、每一张画、每一台戏、每一本书、每一件事了如指掌。我很快完成了自古少见的、全国公开发行的第一本村级文化志书《白沙洲村文化志》。湖南省文联主席谭谈在序言中写道：白沙洲村文化志，是我们研究湖南民间文艺创作宝库的一把钥匙，这部书真正地具有先进文化的内涵。

我写志书出名了，也上瘾了，接二连三地编写《沅江市文化志》、续编《沅江县文化志》《沅江"民国史料"纂》。2006年3月，武装部下达"军令"，要我编写《沅江市军事志》。要"打赢"这个新战役，当时没有把握，心里七上八下，但是有信心。

省军区对编写军事志的年限有统一规定，要从1840年写起，共170年的沅江军事。

在采访途中

史料到哪里去查考？资料收集成了第一难事。

上班第一天，就开始"找米下锅"，跑常德、奔湘阴、串汉寿、走益阳，查档案挖"老"的史料，找负责人挤"活"的内容，访民兵找"新"的线索。

在调查解放初期剿匪情况时，我到了澧湖，这天天气炎热，过渡时，在船上遇到一位三十多岁的胖少妇。交谈中，她无意间说到她曾外祖父保存了闺女一张剿匪相片。我听了如获至宝，忙向她说明了我的身份，还让她看了介绍信。胖少妇热情大方，主动为我带路找相片。船靠岸了，我们踏上了一望无涯的湖州。湖州上布满了绿油油的芦苇，在这中间，选择了一条狭窄的、弯弯曲曲的路。走着走着，我的脚踢在树蔸上，一个踉跄，身子往前一仰，幸亏胖少妇手脚麻利，一把抓住我的胳膊，才免遭一祸。一路上，皮鞋刺破几道口，脚上磨出几个泡，好不容易步行十多里路，才找到这位高龄的老主人，在一个四四方方的镜框里，看到了持枪女民兵在水上巡逻的珍贵相片。镜头的画面是在芦苇荡的湖汉里，有一路隐隐约约的木船徐徐而来，走在最前面的木船上有三个全副武装的女民兵，一个背枪，站在艄舱里摇桨；两人持枪，蹲在船舱里观察，双双大眼睛鼓得像探照灯，注视远方的山山水水，多威严、多神气。老主人慢吞吞地告诉我，澧湖是个天然湖州，遍地芦苇，湖汉沟港多得像棋盘格，地形复杂，当时有土匪出没，是个土匪窝子。解放不到半年，这里来了剿匪部队，开始清匪，民兵打头阵，樵民渔民一齐参加。那时我闺女18岁，邀着那班女民兵组织水上清匪巡逻队，她们写了一首渔歌表达决心："渔民喝的洞庭水，眼睛明亮心里美，站稳船头齐出手，网住那些落水鬼。"那年中秋节，闺女在叔叔家中听说围子里（渔民把堤垸称"围子"）的农民要架船上街卖苎麻，担心在洪合湖遇上土匪。因为土匪贼心不死，躲在沿河两岸的芦苇里，乘机抢劫过往船只。闺女为他们防隐患，保平安，想了一个谋略。这天太阳当顶，一只大木船堆满苎麻，在芦苇中间的湖汉里穿行，

掌舵的是胆大如虎的闺女。麻船走进洪合湖，忽见芦苇里冲出一只船体小、船速快的"乌江子"，船上三个匪徒持枪逼着闺女，要她把船停靠在河边上。她不慌不忙，紧手把舵一转，船靠岸了。岸上冒出一群赤手空拳的匪徒，欲上船抢苎麻，闺女飞起一脚，在船板上蹦蹦地连"蹬"三下，埋伏在船舱里的剿匪战士和民兵听到暗号，一齐从苎麻堆里飞出来，活捉了这群吃肉不吐骨头的魔鬼。

老主人接着说，《湘中日报》一位姓吴的记者到漉湖采访剿匪情况，现场跟踪"抢"拍了这个镜头。他闺女就是相片上第二个持枪观察匪情的女民兵，可惜还未出嫁就病逝了。他难舍闺女，就保存了这张相片。胖少妇在一边插话，要曾外祖父把相片交给武装部，印在军事志上，流芳百世。老主人点点头，含着泪水，轻轻地从镜框里取出相片，摸了又摸、看了又看，依依不舍地放在我手里，我忙向老人道谢，临走时，还给了他两百元酬谢金。

采访的第三天，遇上一位瘸腿老汉，他一跛一跛地走到我面前，那黑瘦的脸上浮着拘束而紧张的微笑，结结巴巴地向我反映：有一次查匪时，他驾船在湖汊里巡逻，遇上三个土匪，被他打伤两个，他自己也遭毒打，左腿伤残。为求得事实的真实性，我特地访问了原民兵营长陈老头，他个子高大，为人正直，脾气也很怪。对我的提问一字不答，却幽默地考问我："有人在冬天里被毒蛇咬伤，用什么药方医治？"他这是什么意思？我想，毒蛇在冬天已入洞冬眠，哪会出土咬人？按照这个推理，没有此事？陈老头猜到了我的心思，点头一笑。原来，瘸腿老汉曾经提到此事，因无凭据，组织上无法认可。据调查，他是在船上捕鱼摔伤的。而今天，他为何老调重弹？陈老头提醒我，如果把此事搬上志书，就成了事实，向民政部门索取优抚款就有了凭据。这事发生得突然和意外，好像眼睛里掺进了沙子。幸好没被假象迷惑。

在二十世纪五十年代，草尾镇西福村有个基干民兵在胜天渡口抓过逃犯。我去采访他，走到半路上，突然老病发作，腹部剧痛，激烈呕吐。我咬紧牙，忍住痛，慢慢地往前走。陪同我的武装干事感到不安，伸出一双大手板，小心翼翼地扶着我。走不多远，见到了这位武高武大的基干民兵，他热情地介绍了情况，还亮出湖南省军区授予他"维护社会治安的优秀民兵"奖状。他事迹突出，我很感动。这时，我的病情恶化，痛得伸不直腰，蹲在地上缩成一团。武装干事急得头上冒汗，一手扯开黑色皮夹克拉领，飞跑去找来一辆小客车，把我送进人民医院。我一边打吊针，一边写这位基干民兵抓逃犯的事迹。

10多年磨炼，磨出10多部志书，在中国文史出版社出版，《沅江市文化志》《白沙洲村文化志》先后被中国报告文学学会等单位评为金奖，《沅江市军事志》被湖南省军区评为优秀志书，还获准参加全军展评，《沅江民国志》获湖南省档案局一等奖。沅江军事志后记《军号声声》，被评为全国创作一等奖。

接着，在益阳军分区编写《益阳市军事活动大事记》《益阳市兵要地志》，获得广州军区表彰和奖励，出席广州军区写志、用志表彰大会。

在编写军事志时，还搜集整理了一批红色歌谣。

> 隔山隔水不隔音，
> 首首山歌传真情，
> 红军战士千般好，
> 对待百姓胜亲人。

船儿不会岸上游，
石磙不会水里流，
财主不会富到底，
穷人不会穷到头。

渔民喝的洞庭水，
顶风破浪不知累，
站稳船头敢出手，
网住那些落水鬼。

竹笋出土尖又尖，
游击队员不怕天，
天塌有我红军顶，
地塌有我红军填。

船靠舵，箭靠弓，
穷人靠的毛泽东，
他带红军打天下，
穷人欢笑享太平。

湖区人穷志不穷，
扛起梭镖跟红军，
过河渡水不怕浪，
舍身忘命杀敌人。

天宽装得万座峰，
地宽装得百里金，
海宽容得千江水，
红军解放天下民。

不怕日军逞凶狂，
穷人骨头硬如钢，
鸟枪梭镖齐出动，
锁住敌人机关枪。

芦荡布满好儿郎，
湖汊港口摆战场，
一举一动如闪电，
杀得日寇叫爹娘。

天不怕，地不怕，
参加农会不怕杀，
大树砍倒蔸子在，
秋去春来又发芽。

男在前方上战场，
女在后方保家乡，
前方后方传捷报，
洞庭湖区好风光。

月亮星星亮晶晶，

红军是月我是星，

星星跟着月亮走，

早不相逢晚相逢。


匪军何必动大刑，

要杀要剐我不惊，

今天倒下我一个，

明天站起千万人。


一路红旗舞，

红军到漉湖，

山水齐欢笑，

绿洲热乎乎。


满天星星亮晶晶，

沅江来了毛泽东，

黑夜点燃灯一盏，

照得洞庭一片红。


## 曲艺创作

在这段时间内，写得最多的是曲艺作品，获奖最多的也是曲艺作品，有《厂长讨战》《请到我家来做客》《我的堂客不在家》《哪个不爱"辣妹子"》。"辣妹子"是沅江民营企业的一个厂名，也是畅销全国的一种名牌产品。

沅江盛开一朵名贵花，

就是"辣妹子"这位女娇娃，

她穿红着绿爱打扮，

彩衣映着满天霞，

远看蛮潇洒，

近看又幽雅。

老同志相中她，

小同志追求她，

女同志思念她，

那些后生哥哥更加想着她，

爱她爱得上瘾哒，

哪个不想得到她。

（唱）哪个不想得到她。

有的说她是中秋的一轮月，

有的说她是早晨的一片霞，

有的说她是冬天的一盆火，

有的说她是夏天的一壶茶。

好多人请她赴宴待贵宾，

好多人请她公关进酒家，

好多人请她一日陪同三餐饭，

好多人请她陪着出差走天涯。

有位湖南老乡讲得好：

"生活中没有沅江辣妹子，

呷鱼呷肉呷鸡呷鸭也味不佳。"

（唱）呷鱼呷肉呷鸡呷鸭也味不佳。


好多人都爱辣妹子辣，

辣妹子家乡人更爱辣。

讲起书记书记辣，

讲起市长市长辣，

为辣妹子"出嫁"辣出一条辣辣路，

为辣妹子"出嫁"辣动好多"辣菩萨"。

为辣妹子"出嫁"辣上又辣下，

为辣妹子"出嫁"辣通国内国外好多"大哥大"。

辣妹子，真好辣，

她要一家辣辣公司作陪嫁。

搭帮书记、市长早已有规划，

一块金字牌匾高高挂，

请来厂长厂长辣，

请来职工职工辣，

齐心合力办公司，

专门生产辣妹子系列辣椒辣，

辣出一串猛辣、爆辣、甜辣、鲜辣……

品不完的辣，

这也辣，那也辣，

那也辣，这也辣，

若是你和她接个吻，

辣得你嘴巴红，辣得你汗直滴（dio），

辣得你心里痒爪爪，

辣得你口里吹"唢呐"。

（唱）辣得你口里吹"唢呐"。


老同志，辣一辣，

消除疾病，不把药丸呷；

小同志，辣一辣，

天真活泼胜过"唐老鸭"；

女同志，辣一辣，

乖得不要再把胭脂水粉擦；

男同志，辣一辣，

满面红光精神更焕发；

干部职业辣一辣，

开拓进取全心全意干四化；

科技人员辣一辣，

艰苦钻研要把尖端拨；

厂里工人辣一辣，

创造名牌震天下；

人民教师辣一辣，

进行素质教育标准化；

作家诗人辣一辣，

优秀作品拖出一大挂；

行家老板辣一辣，

会做生意处处发；

过路游客辣一辣，

轻身快步走天下，

高山也能爬，

还能麻起胆子登上九层高的镇江塔；

辣妹子的功能确实大，

辣得你通筋活血、精神焕发、烦恼苦闷都融化，

（唱）烦恼苦闷都融化。

辣妹子辣味浓，

辣妹子辣味辣，

辣妹子走出闺房要出嫁，

辣妹子要成"俏妹子"，

一俏俏到北京、南京、广东、广西、河南、河北、深圳、

香港和拉萨，

一直俏到亚非拉。

（唱）一直俏到亚非拉。


辣妹子，小也辣，

辣妹子，大也辣，

辣妹子，火辣辣，

辣妹子，俏辣辣，

辣椒王国出辣辣，

中国要数湖南沅江辣妹子辣。

辣妹子辣，辣妹子辣，

辣、辣、辣、辣辣、辣辣，辣……

2014年5月，我把曲艺作品编成专著出版《水上漂来一条街》，我在此书的封面上写了："曲艺是粮不是糠，精细闪亮自然香，包装虽小口味好，有人喜爱有人尝。"这本专著获2018益阳"三周文艺奖"（三周：周扬、周立波、周谷城），获中国世纪大采风征文一等奖。

2012年3月20日，中国文化学会主办的国家级大型刊物《文化人物》，聘请我担任荣誉主席，并邀请为特刊封面人物。

载 2012 年 5 月《文化人物》封面

左一：周有光，中国著名语言学家、文字学家、经济学家，曾任中国人民大学等校硕士研究生导师。

左二：冯骥才，中国著名作家、文学家、艺术家、文艺家，中国文联副主席。

中：陈定国，中国农民作家、诗人。

右二：沈鹏，中国著名书法家、美术评论家、诗人、编辑出版家，中国文联副主席。

右一：张艺谋，中国著名电影导演、摄影师、北京奥运会开幕式总导演。

## 地名故事创作

国务院第二次地名普查领导小组办公室主办，光明网承办"全国寻找最美地名故事"网络征集活动开始了。

我作为一个老业余作者，加剧了地名收集整理，对延续地名文化具有紧迫感。我们有责任、有义务使人们增强地名文化意识。地名不仅是一种文化，一种称呼，而且是一个地方的特制名片、一方水土的根基、一个老地方的历史。我便深入地方文化挖掘。这段时间，全国报刊、网络发表我写的《白沙洲》等七篇新地名文化故事。

我出版专著《沅江老地名故事》，获第十七届中国世纪大采风征文一等奖。地名故事《东南洲》在大型刊物《中国采风》发表，并获中国世纪大采风征文一等奖。

提起"东南洲"的来历，民间有一个"美女择夫"的故事。

那是清朝末年，在南洞庭湖有个生长芦苇的湖州，湖州东面州主名叫芦坤，面目慈祥，为人厚道，年过四十才得一千金，取名芦雅。她从小爱呷芦笋，长得聪明伶俐，六岁读私塾，八岁就能吟诗作赋，出口成章。这天老先生上课时，勉励学生勤奋学习，随口吟道："人生少小俭修业。"芦雅即兴应对："长大方能有作为。"老先生吃惊地伸出大拇指夸她："对得好，你不是蒙童，而是神童也。"

她长到十八岁，如花似玉，人见人爱。第一个上门说媒的是尖嘴丁妈妈，为垸子里的贾公子求婚。说媒的接二连三，一年之内，就有九九八十一个。芦雅对每一个人的回答都是两个字："不急。"

芦母想，养女嫁高门，说媒的这些人家都有钱有势，为何不嫁？芦雅想得不相同，不爱有钱有势的，只爱有才有志的。

初春的一天下午，一位漂漂亮亮的高个子后生走上门，恭恭敬敬地向芦坤鞠了一个躬："长老在上，小民有一事相求。"芦母认定他是上门求婚的，连忙插话："你找我女儿。"他偷偷瞟一眼站在身边的芦雅，便讲起了家事：他叫柴向东，家住在这个湖州的南面，是呷芦笋长大的，父母亲砍柴捕鱼，省吃俭用，积蓄一些钱供他读书。那天他刚刚上学去，家里不幸遭大火，父母亲因疾病纠缠，被活活烧死。他举目无亲，想投靠芦家帮工，赚些盘费，准备明年上京赶考。

芦家三人听了，都很同情他，但各有各的想法：芦母想，家里遭火烧，不吉利，怕他带来祸害；芦坤想，家有湖州千亩，正缺少一个得力帮工；芦雅想，靠他帮工是小事，帮他升造是大事。她瞪眼望着父亲拿主意，芦坤知道女儿的意思，便答应了柴向东的要求。柴向东满脸喜色，望着芦坤夫妇，说出了肺腑之言："你们是我的再生父母。"

眼下，正是芦笋生长的旺盛时期，柴向东上门的第一天，就上湖州看管芦笋，刚出门，被芦母喊住，给他一根小木棒和一根又粗又长的麻绳子。嘱咐他，这家伙是对付那些偷芦笋的，但不要随便出手伤人，只是做个样子，吓一吓而已，假如碰上厉害码子，那也要给他一点颜色，打一警百。还要他每一次回家时带一捆芦笋，这是他家里的祖宗菜。

柴向东边走边想，管理芦笋的这个差使不好当，偌大的地方，那是防不胜防的。他刚踏上湖州，就看见三个穿破旧衣衫的中年妇人，在偷偷摸摸掰芦笋，一见管山的人来了，就扯伸脚杆子跑。柴向东追上去，一不打二不骂，笑着问长问短。她们因穷得揭不开锅盖子，出来捞点野菜充饥。面对这个情景，柴向东很为难，既想帮助穷苦百姓，又不能伤害芦家利益，真是两手提篮，左篮（难）右篮（难）。他只说了一句："不要在芦笋密布的地方动手，以防践踏损伤更多的芦笋。"她们听了十分感动："多谢你的不怪之恩，以后我们再不来打扰，你也不好向主人交差。"

几天以后的一个傍晚，柴向东背一捆芦笋刚进门，芦母沉着脸走到他跟前，大发牢骚："你不是我家的人，你走！"

"芦母，我——"柴向东断定她听到了走失芦笋的风声，想说清楚，却被芦母打断了。芦母厉声说："我早就看出你是个祸害，不要牵起不走，赶起飞跑。"

此时，芦坤从外面回来，问妻子："你发什么牢骚？"芦母气得脸上发白，埋怨芦坤："你是关只老鼠在仓里吃谷。"

芦雅在闺房听到母亲吵闹声，正想出门问个明白，忽见三个中年妇人路过自家门口，听到吵闹声走进门来主动认错不该掰芦笋。

芦坤笑脸相迎，忙说：不要紧，湖州上多的是芦笋，这不过是在牛身上拔根毛。他把这班人送去了大门，转过头又对妻子解释：柴向东管理芦笋的第一天晚上，就对我讲，有的芦笋长得稀稀拉拉，是因为芦根小，发育不全，根系没布开，有些贫苦百姓在这些地方掰了一点芦笋，也不算什么坏事。一来周济了他们，二来有利于拔苗促根，发展芦笋，这是两全其美的事。柴向东还提出了两全其美的更好办法，把那些贫苦百姓招拢来办芦笋大商店，既解决了他们的一些困难，又依靠他们帮忙管好芦笋，利用芦笋资源，为芦家抓回更多的财富，这叫作贫人脱贫，富人更富。

芦母听得入了神："鬼老头，何不早说，差点把这个财神菩萨赶跑了。"她接着提出，"柴向东当这个大老板。"

哪知芦雅不同意，她刚才在闺房门前对事情的来龙去脉听得清

清楚楚，觉得柴向东这人不一般，对他产生了好感。不能埋没了他，让他温习功课赶考。便走到母亲跟前，撒娇地说："母亲能干、泼辣、直爽，当这个大老板最合适。"

芦坤很赞成，打着哈哈鼓掌，柴向东、芦雅跟着一齐鼓掌。

很快，芦家办起了芦笋大商店，召来160多个穷苦百姓，有的人在湖州掰芦笋、运芦笋、管芦笋，有的人在门前用芦苇搭起工棚，架起五六十个锅灶，制作鲜芦笋；有的人备好几百口大水缸，制作腌芦笋。条理清楚，人人得心应手。买主天天上门，鲜芦笋销售一空，腌芦笋争相定购，真是生意兴隆，财源滚滚。

时过中秋，正是芦苇收割时期，芦坤要柴向东外出雇请一些樵民，不准刻薄他们。柴向东整天在湖州上穿来穿去，衣服被芦枝挂烂了，鞋底被柴茀子刺破了，一声不响，任劳任怨，常和樵民们吃住在一起，起早摸黑，辛勤劳作，和大伙一起砍柴、捆柴、垛柴、运柴、销柴，做得有板有眼，行动火速，按时为芦家赢得了财富。

芦苇收割后的第一天，柴向东就找芦坤讲起今年的芦苇收割情况，由于根系不发育，湖州上还有一块一块的空地，加上虫害、杂草多，严重影响芦苇生长。芦坤想，近水知鱼性，近山识鸟音，他这个樵民的儿子心中就有这个数，他问柴向东有何良策，柴向东讲了自己的见解：一是要开沟滤水，让芦根睡干床过冬保暖，促使根系扩展；二是赶火烧山，有除草、灭虫、增肥的作用。芦坤听了很高兴，忙说："你讲在点子上，我上湖州亲自安排，不需你操劳了。"

柴向东暗暗思索，莫不是要辞退我。

芦雅听到他们的交谈，知道父亲宠爱他，便走出闺房来个顺水推舟："父亲，你为何不让柴向东上湖州帮工呢？莫不是让他温习功课，好上京求名。"芦坤爽快地说："我正是这个意思，书房早为他收拾好了。"芦雅笑着说:"父亲想得周到,他在闲时应加学习迎考,这也要付工钱啊。"芦坤听了乐意地笑一笑。

芦坤雇请了一班樵民治理湖州。这一天,芦雅陪同父亲来到湖州上,只见湖州一坦平阳,显得空旷、辽阔,滤水沟挖得横横竖竖,沟沟相通。转眼一看,铺在洲土上的那些芦柴渣屑着火了,火苗一处处跳动,扩展成一个又一个火环,火环接火环,把千亩芦地烧成一个火海。

芦雅想起芦苇的繁殖特征,雅兴大发,即兴吟道:"洞庭有个土英豪,从小披红着绿袍,广阔心怀如大海,老时长得很时髦。"

她很欣赏这四句话,反复自吟。父亲问她是何意思——她说很有意思。父亲又问她:"家里上门求婚的络绎不绝,你一一拒之门外,你的意思是——"芦雅抢着说:"以此题择夫。"芦坤想:女大当婚,一碗米由她自己煮吧。芦雅想,柴向东"柴"(湖区人称芦苇为"柴")的学问很深,如有这个"才",那是"近水楼台先得月"啊。

第二天,芦雅将择夫的榜文悬挂门前,求婚者全部答好这道题,就嫁他。这一招引动好多公子、秀才,都觉得诗文易懂,答题难言。转眼就是好几个月,前来应对的扫兴而归。

芦坤想,柴向东能否应对此题。这天深夜,想暗中试探他,刚走进书房,不料柴向东突然双目失明,芦坤十分惊慌:"你怎么会这样?"柴向东一听是芦坤的声音,忙说:"我为赶考,一连三天三夜没合眼,刚才一阵晕眩,眼睛就看不见了。"芦坤心急火燎,拔腿走出房门,边走边说:"我去请郎中,我去请郎中。"

芦坤在门外碰上妻子,妻子要他不着急,柴向东双目失明是急火攻心,可服用芦笋、芦根汤。芦母马上熬制。柴向东服了此汤,睡了一老阵,眼睛慢慢复明了。

柴向东赶考日期临近，这天早上面谢芦坤、芦母，他不便惊动芦雅，就上京赶考去了。

正是这天早上，离芦家不远的贾公子跑步闯进芦家大门，来到芦雅闺房门前，大声喊："芦雅！我要揭榜招亲，快开门。"芦雅深知贾公子一贯不务正业，今日如此鲁莽，更加不高兴，没理睬他。

贾公子自从托尖嘴丁妈妈说媒打了塌场之后，日夜冥思苦想，昨晚想得神魂颠倒，说是猜中了芦雅的答案。答案是什么？原来是一场梦，好不自悲。正要回家时，低头发现芦雅闺房门缝里塞着一张纸条，捡起一看，上面写着八个字。贾公子沉思片刻，猜定这八个字就是答案。他喜得仰天哈哈大笑，真是天赐良机，双手猛地打门："开门！开门！我真的猜中了答案。"

芦雅白他一眼，隔窗问他："答案是什么？"贾公子拿着纸条，一边看，一边结结巴巴地念。

芦雅听了这个答案，感到意外，他这个五谷不分，才疏学浅的花花公子怎么想得如此准确，但也不好凭空否认，便推开窗子试探他："你把手里的纸条给我看一看。"贾公子装得很稳重："不能给你，这是成婚的依据。"芦雅说："不给我看，那就口说无凭。"说完，咔嚓一声，把窗子关上了。贾公子深怕此事泡汤，嬉皮笑脸地说："给你看，给你看。"芦雅推开窗子，接过纸条一看，字写得工工整整，答案是那八个字，但还有一个细节未解答，不算全对。

贾公子不管全对不全对，揭下榜文，喜得唱起流星歌，一路上逢人相告，大肆宣扬。回到家里，要家人准备大摆婚庆喜酒。

一日三，三日九，贾公子心急如焚，就第二次上门催婚。芦雅以准备嫁妆为由，再三推辞。贾公子觉得这桩婚事事出有因，拖久了怕泄露马脚，便以"抗婚"罪，把芦雅告上县衙，哪知吴县令外去未归，此案拖了许久。

吴县令回县衙那天，贾公子悄悄送上黄金白银，耳言几句，吴县令便知一二。即日，传令把芦雅押到公堂审问。吴县令喝道："下跪何人？""小民芦雅。""你出示榜文，答题择夫是吗？""是。""贾公子已中答题揭榜是不是？""是。""那为何不嫁？""答题不全。"

"胡说，犯下抗拒之罪，还说什么不全（连），不全（连）也要连，重打四十大板再说。"

贾公子立即下跪求情："打不得，打不得，她是我的爱妻呀，求县太爷开恩。"吴县令把惊堂木一拍，立即断案："芦雅和贾公子是天生一对，今日完婚。"

贾公子喜得向吴县令磕了一个响头，顺手扶起芦雅。芦雅忍气吞声，问贾公子："答案是不是先写在纸条上？"贾公子假惺惺地说："对，这关系到终身大事，我怕念错了，只能照本宣科。"芦雅再三追问："是你自己写的吗？"

嗵！嗵！嗵！猛地一声响，吴县令拍响惊堂木："芦雅，是你审案，还是我审案，你不要节外生枝，无理取闹，你生是贾府的人，死是贾府的鬼，退堂！"

这时柴向东大步流星跨进公堂，挥手喊道："不能退堂！"

此时此刻，芦雅显得格外惊讶：柴向东呀柴向东，你功名未取，为何闯进公堂。她怕连累柴向东，便忙对吴县令说："他是我家管工，为我辩护的，有事我一个人承担。"

吴县令火冒三丈，气势凶暴地说："你这个管工管到我头上来了，那还了得，把他拿下！"

柴向东一鼓作气，挥手劈开衙役，理直气壮地说："请吴县令息怒，答案到底是谁写的，此案尚未了结，怎能草草退堂？"

芦雅趁机又追问贾公子，答案是不是你自己写的？贾公子无退路可走，只好说是自己写的。

芦雅料定不是他写的，对他说："重写答案，如果笔迹相符，就嫁给你。"

这下贾公子急得像热锅上的蚂蚁，乱了手脚，眼巴巴望着吴县令为他解难。吴县令装腔作势："这事已水落石出，你们强词夺理，大闹公堂，把这个管工和芦雅关押起来。"

话刚落音，只见站在门外等候的四名随身卫士，拿着状元官服，疾步走进公堂。芦雅看到这突如其来的变化，既惊喜又意外。

原来，柴向东已中状元，被皇上临时派遣为巡抚。这次回乡，一来感谢芦家，二来探听芦雅答题择夫一事，还有最大的一件事，查处贪官。柴向东到芦家后，听了芦坤禀告，为便于现场探听实情，马上改换旧服赶赴公堂。这时，卫士忙忙为柴状元戴上官帽，插好官花，穿好官服，系好国带。柴状元大大落落、端端正正坐堂了。

他二人吓得胆战心惊，跪地求饶，不打自招，吴县令交出了贪来的黄金白银，贾公子供认纸条是从芦雅闺房门缝里捡来的。

柴状元立即追问这张纸条的下落。芦雅藏在口袋里，立即呈上。柴状元一看，喜笑颜开，把事情的来龙去脉告诉大家。这张纸条是柴向东写的，因当时身为穷汉，不敢高攀富家小姐，在上京赶考的当天早上，把答案写在纸上，悄悄塞在芦雅闺房的门缝里，以表心意。

柴状元为使芦雅和大家完全了解事情的真相，当场展纸挥毫，重写答题：芦根、芦笋、芦荡、芦苇。两张答案的字体笔迹一模一样，好似一个印版印的。芦雅心里还有一个谜底未解开，忙问柴状元："你的答题不全，还忽略了一个'细节'。"柴状元笑着说："没有前因，哪有后果，你说的'细节'就是说你的择题，择题是一首七言绝句，即又是一首诗谜，每句诗猜一植物名，对不对。"

芦雅当着众人响亮地回答："全对！"她喜得热泪盈眶，暗喜状元的才华，欢心暗许，决定嫁给他。

吴县令、贾公子在人证物证面前，口服心服。县太爷被削职为民，贾公子被重罚百两黄金，周济贫困樵民。

第二天，柴状元和芦雅拜堂成亲，办了四十桌芦笋酒席，特邀湖州上的樵民、渔民赴宴，款待贫苦百姓。二人站在门前拱手相迎，不收受礼金和礼品。大家高兴地说："这一对是上天成全的芦笋婚姻，真是天作之合呀。"在酒席筵前，大家议论：湖州的东面出美女，湖州的南面出状元，这个湖州就叫"东南洲"。

东南洲现位于湖南省沅江湿地，四面环水，是洞庭湖盛产芦笋、芦苇的主要产地。


2017 年 7 月 20 日，我被国务院地名办特邀，参加在北京召开的"地名文化保护与传承座谈会"，并在会上做典型发言。更可喜的是这次全国最终评选 100 个最美地名故事，湖南省有四件作品获奖，其中就有沅江市三件作品，三件作品我占了两件作品。《沅江》评为优秀奖，《洞庭湖》评为二等奖。

## 洞庭湖地名故事

洞庭湖这个地名，首次载入北魏郦道元《水经注》，古人称它"周极八百里，凝眸望则劳"。

洞庭湖还没形成的时候，这里是个丘陵区。这里，住着一位姓卿的大财主，独吞着这里的山山水水，一草一木。他家九十九代没分家，一家人比一升芝麻还多，讲文文来得，比武武来得，这里就是卿家的一统天下。

海龙王见卿家万贯家财，便命太白金星搭桥，化作乡民来到卿家说媒，把女儿三公主嫁到卿家做媳妇。仙家女子为何许配凡家呢？这里有个缘故：那一年，王母娘娘做寿，吕洞宾喝得酒醉醺醺，一眼看见三公主上殿送酒，起了爱慕之心，用手臂轻轻撞了她一下。三公主没提防，失手打破凌冰碗，犯下天条。她的父亲海龙王发怒，把她打入凡家。

三公主嫁到卿家，谁知丈夫是个无知无识的蠢宝，对她漠不关心。特别是婆婆和幺姑心肠恶毒，对她常常暗害、磨勒、毒打。三公主扫地时，幺姑偷偷在背后撒灰，反说没扫干净，骂她偷懒，在婆婆面前多嘴生事，婆婆便拿秤杆打她。有一次，婆婆故意习难她，不给油盐要她炒菜，菜又要炒得好吃。三公主无可奈何，只好用两滴泪水变成油盐，炒在菜里，心想躲过这一关。哪知这一动作被幺姑偷偷看见，骂她邋遢婆。婆婆听了大怒，打得三公主口吐鲜血，遍体鳞伤。狠心的婆婆还不肯罢休，限她日看绵羊三百，晚搓麻线半斤，一年到头不歇气，要活活磨死三公主。

这一天，潭州有个叫柳毅的书生路过这里，在一坦平阳的草坪里听到一阵凄凉的哭声：

好苦呀！

婆婆逼我做苦工，晚搓麻线要半斤，

粗的只准头丝大，细的搓得认不清。

十指尖尖磨出血，断黑磨得到天明。

苦呀苦！

婆婆逼我做苦工，天明就去看羊群，

限定日看三百只，不分春夏与秋冬，

跟着绵羊到处跑，冷冷热热在草坪。

苦中苦！

一日进门三餐打，三日将我九轮棍，

秤杆打来由小可，秤砣打来血崩心。

可恨卿家心肠毒，狠狠磨勒受苦人。

柳毅听了也难过地流下眼泪，他轻轻地走拢去，只见三公主衣衫破烂，骨瘦如柴。便小声问道："小姐，为何磨成这个样子？"

三公主见旁人探问，又想说，但又怕惹出祸来。真是哑巴吃黄连，有苦难言。

柳毅又问道："你有亲人吗？"

三公主听了这话，心想他是个可亲之人，便将身世、处境一一吐了真情。

柳毅听了，心里更加难过，再三问道："你早些回家不行吗？"

三公主含着眼泪说："未经父亲允许，不能回家。"

"那你先搭个信给父亲嘛。"

"相公啊，可惜无人帮我带信。"

柳毅是个忠厚、善良的人，只想为人解难，听她这样一说，更是触动了心。先把自己的姓名、住址、身世做了介绍，然后对她说：

"只要公主不嫌弃，我愿与你送信。"

三公主见他这样同情自己，万分感动。但又摇摇头说："我家住在海龙宫，你怎能去得？"

柳毅想得真轻巧，他说："我游水游到海里，定会碰到守门官，让他们抓我去见龙王，这不就行了吗？"说到这里，他连忙从袋里摸出纸笔递给三公主，要她快快写信。

三公主望着他，激动地流下眼泪："相公一片真心，叫我不知怎么报答！"

柳毅说："小姐言重了，赶紧写信要紧！"

这里，三公主顺手在身上撕下一片罗裙，含着眼泪，咬破手指，写了一封血书，要柳毅亲手交给她父亲。她又从头上取下一个亮闪闪的金簪，轻轻放到柳毅手里。柳毅不知这是什么意思。三公主连忙告诉他："这是一个'定海针'，只要拿着它在海里一划，就会现出一条路，可以直达龙宫。有虾兵蟹将把守四门，你不要惊慌，他们会放你过去的。"柳毅一听稳了心，辞别三公主，高高兴兴上路了。

柳毅走了九天九夜，好不容易到了海边。只见大海无边，白浪翻滚。他拿出金簪在海里一划，果真现出一条路，就顺路走去。

走不多远，突然碰到一位尖脸猛将，手举铜锤铜钻，不问青红皂白，猛地朝他打来，"你是何方来的妖孽？"

柳毅双腿跪下说："小生并非妖孽，是与三公主送信来的。"

"休得胡言！"猛将举锤又要打。

柳毅忙说："我有三公主的家书为证。"

猛将见他果真有三公主的家书，便放过了他。

柳毅急忙启程，来到中途，又被一位花花女将拦住去路，手舞一对镜子，闪闪发光，气势汹汹地说："你为何扰乱龙宫？"

柳毅被女将照得眼花缭乱，只觉一阵昏迷，然后拜倒在地，急急忙忙说："我不敢扰乱龙宫，我是与三公主送家书来的。"说完，将三公主的金簪给女将看了看，女将再没阻拦他了。

柳毅又走了许久，只见一个驼背小将蹦蹦跳跳出来拦路，伸出两把利剑逼着他，厉声问道："你是来干什么的？"

柳毅连忙下跪回话："我是与三公主送家书来的。"

小将听了，二话没说，就蹦蹦跳跳让开了。

柳毅不顾劳累、惊吓，冒着风险继续赶路。走着走着，只见一位圆脸黑将，举着一对铁钳，摇摇晃晃来了。柳毅赶上一步，低头参拜，忙把求见海龙王的事说了一遍。那位黑将听了，一言不发，收下一对铁钳，就背着柳毅飞走起来。

柳毅不知何故，只见头上波涛滚滚，身边流水哗哗。定眼一看，不觉到了水晶宫殿。黑将通禀一声，就带柳毅进了龙宫。

柳毅只见一位白发苍苍的老者，身穿紫色蟒袍，高高坐在宫殿上。猜想这必是海龙王了，忙忙下跪拜见，双手呈上三公主的家书。

海龙王接过家书一看，不禁老泪横流。家兵家将、宫娥采女慌了手脚，一齐追问柳毅出了何事。柳毅含泪诉说了三公主的苦楚。大家听了，也号啕大哭。

这时，一位身穿红色盔甲的将军，腰挂青霜宝剑，冲到宫殿，手执剑把，皱着眉头问道："出了何事？"

海龙王扶着龙头拐杖，一步步走下宫殿，扶起柳毅说："这是我家三太子。"他又对着三太子说，"这是柳毅，帮你妹妹送来家书一封。"

三太子忙忙向柳毅行了一礼，问道："我家妹妹可好？"

他这一问，问得柳毅哭起来了。

海龙王把家书递给三太子，三太子一看，气得火冒三丈，抽出宝剑，大喝一声："卿家如此恶毒，我要血洗卿家！"

海龙王叫道："且慢！"

海龙王究竟如何吩咐，暂且不提。且说柳毅送来家书，海龙王真是把他当恩人，想留在龙宫，重重报答他。柳毅感谢海龙王的好意，他觉得为人做好事是应该的，不应图报答。他又考虑自己是个凡人，住在龙宫不适合，要求立刻返回凡家。海龙王见他不依，也不好勉强，便马上大摆筵席款待，要老夫人送给他很多碧玉、砂金、珠宝。随后要三太子把柳毅送回去，再赶到卿家，暗地查看，如若罪大恶极，不肯悔改，就叫他全家覆没，救回三公主。三太子得令，带着柳毅，即日离开龙宫，腾空而去。

柳毅不顾回家，跟着三太子悄悄到了卿家，四处打听三公主的下落。三太子乔装打扮，问了许许多多的男工女工，深知妹妹受尽折磨，还有不少苦工被卿家活活磨死、打死、逼死。三太子更是痛恨，摇身变个芦笋，长在卿家的灶屋里。

这天一清早，三公主正要外出看羊，在灶屋里忽然看到芦笋，知道这是兄长三太子所化，心里非常高兴，便暂回到自己房里去了。

幺姑看到三公主没去看羊，就告诉婆婆去打她。走出房门，转身看到奇怪的芦笋，心里惊慌起来。幺姑忘了逼赶三公主去看羊，雷急火急地把她娘拖到灶屋里看芦笋。婆婆见此情景，心里不安，认定这不是一个好兆头，便吩咐身边一个煮饭的女工砍掉芦笋。那个女工刚拿起菜刀，忽见三公主在门缝里向她摇头，女工会意，拿着菜刀不敢动手了。

这时，卿家的恶棍们一齐赶来，都说芦笋长在屋里不吉利，定要铲除。幺姑神气十足，狠狠地说："我娘福气大，有妖除得妖，有邪劈得邪。"

婆婆听了女儿这番奉承话，十分得意，就在女工手里接过菜刀，对着芦笋"咔嚓"一刀。婆婆一刀砍下去爬不起来了，幺姑弯腰去扯也爬不起来了。

芦笋不见了，长芦笋的地方现出一个大洞，这个大洞直通龙府宫庭。只听"轰隆"一声，洞口冒出冲天大水，霎时地动山摇。天突然黑了，大风大雨铺天盖地而来。卿家鬼哭狼嚎，婆婆、幺姑和那班恶棍都被奔腾的激流卷入海中。在他们家做工的人和为人公正的人都被三太子搭救出来，柳毅被三公主带回龙宫。

从此，卿家的山丘、平川全部被淹没，成了一望无际的湖泊。它就是今天的洞庭湖。

洞庭湖位于湖南省东北部、长江中游的荆江南岸，横跨湘鄂两省，南纳湖南湘水、资水、沅水、澧水四水，北接荆江松滋口、太平口、藕池口、调弦口四水，经岳阳城陵矶注入长江。经过历年治理，而今洞庭湖富饶秀丽，是中国屈指可数的大淡水湖。

## 沅江地名故事

沅江地处 800 里洞庭腹地，是久负盛名的鱼米之乡。这里有亚洲最大的湿地生态保护区——南洞庭。

沅江，战国时洞庭郡，秦属长沙郡益阳县，汉属荆州长沙国益阳县和武陵郡索县，东汉属长沙郡益阳县和武陵郡汉寿县……直至隋开皇十八年（598 年）改名沅江县（治所琼湖），隶属岳州（后改隶巴陵郡），距今已有 1500 多年历史，素有药山、安乐、重华、乔江之称。

南朝梁武帝普通元年（520 年）始建县，时名药山县，因庆云山侧的药山而得名。梁元帝承圣元年（552 年），药山地域分为药山、重华二县，重华县治设重华城（今重华垸），相传虞舜古城（虞舜号重华），在今沅江北部泗湖山镇。隋文帝开皇二年（582年），药山、重华二县改为安乐县，其县名取自境内安乐垸。开皇十八年，因沅水归宿境内始称沅江县。到了唐代昭宗乾宁二年（895年），沅江县改为乔江县，因境内河流有乔江河。这一变更，引起沅江一些地方官员、才子、老百姓的反感，纷纷向县府请愿。有个地方官员说，沅江地处"自然湿地"，河流湖泊甚多，"智者乐水"，老百姓都爱这个富有特色的沅江地名。有个才子说，地名是一种文化，而沅江就是楚文化发源地。

一个渔民说，鱼儿从水里养大，稻子从水里长出，湖州从水里变大，"沅江"二字从水里站立，已成天下人的指路碑。时至北宋太祖乾德元年（963年），终于复名沅江县，以后历代相传。

新中国成立后，沅江成了富饶美丽的水乡泽国。1988年10月，经国务院批准，沅江县改为沅江市。

60多年来，党中央激励和鼓舞70多万沅江人民迎风搏斗，开拓进取，赢得"鱼米之乡""芦苇之乡""苎麻之乡"等美称，先后获"全国平原绿化先进市""全国文化先进市""全国社会治安综合治理先进市"等殊荣。

## 童谣创作

2017年11月26日，我喜添第一个小孙——兮兮，非常高兴，即兴作诗一首。

举目观星路，清风送喜音。
兮兮随日出，暖色映心中。

她和父母居家长沙，长到二岁半时，看到她爸给她录的一个视频，手一边舞动一边自然而然地喊："爷爷、奶奶，来，来，来，到我家来！"在我高兴之时，又写了一首古体诗：

童曲来来来，小孙笑口开。
深情柔似水，瑞气满胸怀。

小孙激励了我，更引起我写童谣的兴趣。一写就是三百多首孩子们的歌，以社会主义核心价值观为主要内容，分为七辑：我们爱祖国、要做好孩子、从小爱读书、好好敬长辈、有趣的动物、美好大自然、天天都快乐。想用朗朗上口的歌谣给孩子们增添一些精神食粮。

这部歌谣出版后，受到有关领导、专家好评，被第十届中国时代风采征文评为专著类金奖。

## 中国越走越英雄

中国越走越开心，

中国越走越飞腾，

中国越走越灿烂，

中国越走越光明，

中国越走越伟大，

中国越走越英雄。

我是中国小天使，

中国神通我神通。

## 有祖国才有家

有阳光才有霞，

有大地才有花，

有春天才有美，

有祖国才有家。

## 我爱我国家

都说中国大，

其实一个家。

家就是中国，

中国就是家。

有了强的国，

才有富的家。

国是家的国，

我爱我国家。

## 我们祖国强起来

说着说着唱起来，

唱着唱着跳起来，

跳着跳着笑起来，

笑着笑着乐起来，

乐着乐着追梦来，

我们祖国强起来。

## 歌唱祖国

小青蛙歌唱清清的小河，

小燕子歌唱暖暖的泥窝，

小蜜蜂歌唱红红的花朵，

小朋友歌唱美美的祖国。

## 太阳从哪里升起来

湖里的孩子呀，

太阳是不是从水边升起来；

山上的孩子呀，

太阳是不是从山顶升起来；

平原的孩子呀，

太阳是不是从地里升起来，

各族孩子同唱一首歌：

太阳从人民的心中升起来。

你的光辉暖大地，

有你才有幸福来。

## 孩子的梦甜甜的

小草的梦青青的，

小花的梦红红的，

小苗的梦壮壮的，

小树的梦绿绿的，

孩子的梦甜甜的。

## 爱洗手

小肥皂，擦擦手，

小龙头，冲冲手，

小毛巾，抹抹手，

一天到晚勤洗手，

管好自己这双手，

不让污点沾染手，

贪图名利不伸手，

助人为乐快出手。

## 让伞

放学啦，下雨啦，

一路伞打架，

有位老妈冒雨淋，

我把小伞让给她。

她的心里暖和和，

我的眼前一片霞。

## 天上的星星

天上的星星，

那是妈妈的眼睛，

天天望着我长大，

我是她园中伸展的青松。

天上的星星，

那是老师的眼睛，

天天陪着我读书，

我是她心中欲飞的鲲鹏。

## 以礼为先讲风格

热水瓶，红红色，

讲卫生，最清澈，

小心谨慎不多事，

一年四季心里热，

见人上门先敬礼，

倒水泡茶招待客。

姐姐好像热水瓶，

以礼为先讲风格。

## 迎着太阳走

小时候上学去，
妈妈牵着我的手；
长大了上学去，
爸爸送我到村口，
一路笑，一路歌，
迎着太阳走。

## 爱书

捧一本好书，
不会孤独；
读一本好书，
精神抖擞；
藏一屋好书，
多么富足。
有书的日子，
那是享受。

## 从小伴书眠

民以食为天，
"食"以书为先，
欲知书中味，

从小伴书眠，

学海无止境，

刻苦才有甜。

## 妈妈带我打小球

喜悠悠，乐悠悠，

妈妈带我打小球，

小球说我小，

小拍劝我溜，

妈妈要我上，

飞起一个球，

我没挡得住，

妈妈要我别害羞。

桌边传球艺，

一股暖流涌心头。

## 问喜鹊

喜鹊跳，喜鹊叫，

人家爱你把喜报。

请问问自己，

报喜跑调没跑调？

说实话，做实事，

不走歪门走正道，

如果要掺假，
你的名声会毁掉。

## 洞庭湖是好鸟巢

一行白鹭好时髦，
回到湖边看波涛，
渔燕展翅来迎接，
吱吱喳喳笑声高：
"没有丝网蒙脑壳，
没有污水染羽毛，
爱鸟护鸟成风俗，
洞庭湖是好鸟巢。"

## 蚂蚁和老虎

一只花老虎，
山上练武术，
一时尾巴扫，
一时爪子扑，
自称山中王，
谁也抵不住，
遇见蚂蚁走过来，
老虎要它拜师傅，
蚂蚁不理睬，
老虎往它身上扑，

只想一脚踩死它，

哪知蚂蚁爬上树，

蚂蚁盯着老虎笑，

老虎气得蹬脚步。

## 向日葵

大地花儿美，

最美向日葵，

发新芽，绽花蕾，

圆圆脸，笑微微，

金灿灿，闪春晖，

披风雨，色不褪。

早迎红日出，

晚送夕阳归，

心心连一起，

向着太阳飞。

## 鱼儿鸟儿一窝窝

洲边一条浅水河，

清水淙淙扬绿波，

鱼儿邀鸟来洗澡，

鱼儿鸟儿一窝窝。

## 诗乡新歌

2018 年是白沙洲诗乡成立六十周年，我写诗祝贺：

### 诗乡颂

诗花结果复开花，万紫千红片片霞。

农舍妪翁吟妙句，楼台姑嫂拨琵琶。

田头咏语传千户，渠畔欢歌遍万家。

古韵新声同媲美，民歌小曲颂中华。


白沙何以号诗乡，总理题牌举世扬。

赤脚农民挥彩笔，诗花联意染泥香。

棉山稻海腾文墨，柳岸桥头作赛场。

今昔白沙诗万斛，周公嘱托未能忘。


翠柏苍松映日斜，绿荫深处聚农家。

开轩可览洞庭景，出户能闻百鸟喳。

芳径鲜花陶醉眼，琼楼碧水泡名茶。

新村处处皆诗韵，胜似桃源咏物华。


诗乡艺苑喜吟春，诗友歌朋步不停。

六十年华弹指过，诗风依旧暖身心。

放眼家园遍地花，欣看热土闪光华。

农耕科学兼文化，诗客文人翰墨家。

总理躬亲授奖牌，白沙儿女乐开怀。

农民创作歌如海，朵朵诗花岁岁开。


喜看诗乡六十春，农民创作荡真情。

耕耘何惧千辛苦，妙手生花簇簇红。


农民习韵醉如痴，鹤发童颜学写诗。

格律不符谁解惑，互帮互鼓互为师。

我在诗乡看诗墙


　　我提议，举办诗歌之乡六十周年纪念活动。领导重视，作者们拥护，我这个八十三岁的老头不服老，又回到六十年前的那个火爆青年，四处奔忙，热得浑身是劲。热心和诗社社长、副社长及那班热角，建诗墙，出诗刊，编诗集，办诗展。白沙洲在外地工作的同志也纷纷寄来贺电、贺诗，其中有一封不寻常的电报，来自海军某部正团职退休干部陈爱桃：

湖南省沅江市共华镇白沙洲村民居委会：

喜获白沙洲诗歌之乡六十周年纪念活动即将举行，特此来电祝贺，深表敬意！

我原是沅江县广播站一个普通广播员，1958年11月，我被选送参加全军文艺调演，扮演花鼓戏《跃进牌》中的"满妹子"，先后荣获常德军分区、湖南省军区、广州军区及全军表演一等奖，我和剧组被邀到怀仁堂为中央首长专场演出，受到毛主席和党和国家领导人亲切接见。

想不到这个戏改变了我人生之路。1959年1月被调到部队文工团当演员，文工团解散后，1985年调海军司令部工作。1996年3月在部队正团职退休。

弹指一挥间，六十年来心中藏着一个谜，《跃进牌》这个剧本出自哪里？我今天才知道出自诗乡白沙洲。白沙洲啊，你生长诗歌，又生长花鼓戏。白沙洲的山歌子唱进了中南海，白沙洲的花鼓戏演到了怀仁堂。我和白沙洲的农民连在一起，乐在一起，爱在一起，情在一起。白沙洲农民光荣我光荣，白沙洲农民自豪我自豪，白沙洲农民幸福我幸福。

我今年81岁了，仍然觉得年轻，因为我心中有《跃进牌》的那个"满妹子"陪伴我。

白沙洲是我一生中迟到的爱，我要感谢白沙洲养育了一批好人才，出了一批好作品。今年是诗乡六十大寿，愿诗乡在党的哺育下百花齐放，万紫千红。

为表达我的感激之情，特向诗社捐资1万元兴办文化，敬请收纳。

湖南省农科院专家方志辉（原白沙洲创作组骨干）筹资在白沙洲村部门前地坪上立起"诗歌之乡"纪念碑。

庆典这天，下起了一场突如其来的秋雨。庆典大会在白沙洲村部举行。

益阳市、桃江县、沅江市的有关领导、专家亲临现场，本地的文艺爱好者、父老乡亲纷纷赶来参加。有的打着伞，有的用衣服盖着头，有的躲在窗前的墙边，谁也不愿退场。还是皮村长有办法，一个飞步跳上摩托车，"咔嚓"一声，冒雨租来一个有容纳大几百人的红色大喜棚。一刹那，全场人群挤坐在喜棚里，好像进了剧院。喜棚前，洞庭花鼓戏剧团搭起了准备晚上演戏的特制自动大舞台，台上就成了会议"主席台"。领导讲话以后，重头戏是诗歌朗诵会，诗乡几个老支书争先登台，同声朗道：

春潮涌动老舵公，
飞桨摇船浪里行，

碧水哗哗齐合奏，

满载诗歌送北京。

原创作组还健在的老同志除了我，还有两个人。第一个王冬梅，她的老倌是创作组农民画家，1959 年在湖南人民出版社出版了一本《王明仙画册》，王冬梅为这部画册出了很多点子，她今年已有一百零三岁了。第二个周渐安，今年九十七岁，参加了诗乡六十周年纪念活动，劲冲冲地上台诵诗。

白沙洲上新事多，

男男女女写诗歌。

诗歌化作洞庭水，

流到田里长好禾。

十一岁的小学生张华朗诵：

我的朋友在哪里？

书包里，书柜里，

课桌里，怀抱里，

以书为友喜心里，

喜心里，喜心里，

书香做伴奔万里。

接二连三的男女老小挤到台上吟诗，我是最后登台第一次朗诵古体诗：

文坛有幸又逢春，文采斑斓岁岁新，
文笔大书强国梦，文风浩气上高峰。

悠悠岁月不平凡，坎坎坷坷八十三，
奋斗征途思往事，春风助我再登山。

诗歌朗诵会刚刚结束，紧接着第二个议程："隆平文化驿站"在白沙洲挂牌成立，原诗乡作者、现为湖南省农业科学院专家、袁隆平的亲传弟子方志辉发表讲话："隆平文化驿站是为了响应国家乡村振兴战略，落实袁隆平院士倡导的'乡村振兴，文化先行'的发展理念。这是一个积极参与农村文化建设的公益性组织……"讲话后，接着为白沙洲村的个别贫困户赠送现金，为白沙洲村文化室赠送图书。下午，"文化驿站"专题讲座农业科学知识、保健知识。晚上雨停了，市委宣传部送给诗乡的花鼓戏开锣了……

## 古体诗创作

我写古体诗是逼出来的。

那是 2014 年 9 月的一天，我们几个文友约在一起商谈，要以诗乡白沙洲为基地，建立共华镇农民诗社，还办个诗刊。当呈报到镇党委政府，马上同意了，并把诗刊的刊名定为"白沙洲诗词"。

诗社成立后，聘我为顾问。在诗刊的来稿中，百分之八十都是古体诗，情感突发，我写了一首新诗《乡里人》。

乡里人
乡里人爱唱民歌

比酒瘾还大

唱得不亦乐乎

一天不唱喉咙痒


不知何方人士

看不顺眼

说民歌土里土气


毛泽东却喜欢民歌

那一年，向全国发出请帖

为民歌筑路

王老九他们捧出礼品

《红旗歌谣》

共华垸也捧出礼品

《白沙洲民歌选》

周总理喜得拍手

赐白沙洲一块金匾

"诗歌之乡"

好多大诗人

爱上《红旗歌谣》

《白沙洲民歌选》

摆在唐诗宋词一起

标一个书签

民歌也是诗

如今乡里人的胃口大了

学嚼古体诗

古体诗早在《诗经》里露面

一代一代传下来

落在老教书先生口里


没拜过孔夫子的人

咬文嚼字真费嘴巴劲

嚼得喉咙发烧

嚼得脖子扯筋

但嚼得蛮有味

一句句平平仄仄仄仄平平

在笑声里川流不息

把忧伤唱跑

把日子唱甜

把渴求唱热

把梦想唱圆


说起古体诗，我要感谢沅江市诗词协会曹涤环会长和诗社诗友们，他们鼓励我：你心中有爱，笔下有情，一定能学会古体诗。从那时起，我开始唷平平仄仄仄仄平平。

我在"学"字上下功夫，勤读唐诗三百首和千家诗，学平仄、韵律、对仗等写作技巧，边学边写，边写边学。开始写就跑调，把民歌中的一些"养料"，融入了古体诗：

宋韵唐风入学迟，行家里手莫讥嗤。
弘扬国粹无旁贷，容我土腔傍古诗。

门前喜鹊唱新枝，追梦骚坛怎告辞。
活水溶溶心海阔，洞庭送我一湖诗。

曲曲春歌动地来，农民致富喜颜开。
家家牵着春光走，沃土肥田巧剪裁。

一些诗友看了点头说好，市政协冷秘书长对我说：写诗是要给人读的，你写出了古体诗的清新感，农民都能看懂。我有自知之明，这三首绝句姓"俗"，我称它为"格律民歌"，相隔古体诗还有很远的距离。格律是前人摸索出来的学术成果，格律是要为诗所用，更要为时所用，为世所用，为人所用。

几年时间，在市诗词协会主办的《洞庭晨韵》上，发表我210多首古体诗习作。

2018年5月，我写的古体诗首次获全国首届百家诗会大赛一等奖：

### 居家聚友

依堤傍水一家园，爱赏朝霞与夕烟。
皓月临窗情似锦，诗魂附体夜无眠。
新朋旧友骚坛客，浅唱低吟正气篇。
不羡豪门身富贵，怡情耕读乐无边。

### 寄赠叶恢先先生

难忘沉吟颂雅风，遐思慨咏句传情。

君勤政事春秋度，我爱田园血气耕。

梦绕文坛思旧雨，心怀故里育新英。

何时再作兰亭聚，纵览诗乡话远征。

2019 年 1 月，我写的古体诗又获印象《中国年》全国新春主题文化大赛金奖：

### 春满洞庭

千古洞庭碧浪高，湖滨翠柳绿丝绦。

拖轮如织舱舱满，鸥鹭穿梭点点飘。

渔父万家忙织网，樵民四处放歌谣。

芦花荡里藏诗韵，彩染湖光分外娇。

### 咏梅

傲骨娇心香永冽，遍地冰封独绽花。

不与群芳争艳丽，愿随松竹共光华。

溶溶月色穿枝叶，凛凛寒风吐嫩芽。

瑞雪漫天她在笑，冰肌国色玉无瑕。

### 水乡访友

百里芦洲映彩霞，柳林深处有人家。

开船可览层层网，摇桨拨开朵朵花。

灿灿水波陶醉眼，甜甜莲子代名茶。

专程访友寻诗韵，款待来宾入酒吧。

2019 年 4 月，我写的古体诗《沅江颂》《仰慕唐诗》获全国第二届百家诗会大赛一等奖：

### 沅江颂

沅江为何美名扬，原是西湖水一方。

万物有灵同地理，中华无处不风光。

水城环水水哗哗，水岸画廊映彩霞。

水内有城城有水，水城翠柳伴香花。


岸青染绿水茫茫，碧波涌动打鱼郎。

赤山苍翠赤山美，胭脂湖边胭脂香。

湖上大桥通四海，芳丘宝塔镇三江。

醉看湿地纷纷鸟，谁不登楼谱乐章。


后江湖上客重游，大埠口边活水流。

明朗二山成鸟岛，莲花渔港伴芳丘。

登楼追忆千秋泆，凌顶遥看万里洲。

湖畔楼亭花似锦，沅江大美不胜收。


### 仰慕唐诗

王维逐水赴云林，贾至望春入杏冥。

李杜乘舟登岳阁，崔涂漫步屈原亭。

牟融学道蠡湖过，无可寻踪沅水吟。

灼灼唐诗抒壮气，悠悠岁月好峥嵘。

2019 年 11 月，古体诗又在全国诗书印大赛获一等奖。

### 诗画中华

诗行闪烁亮星河，画里传承使命歌。

代代天才挥笔墨，辉煌华夏著先模。

### 锦绣中华

长河激荡敢飞舟，饱览风华岁月稠。

穿越时光寻美梦，争挑重担走前头。

迎风破浪描春色，赶月追星铺彩绸。

锦绣中华扬浩气，流芳岁月写春秋。

### 红船赞

一

红船劈浪往前行，凝望南湖闪彩虹。

火种悄悄燃四海，曙光映出满江红。

二

新时代里再启程，喜看红船格外红。

舵手领航跨世纪，艳阳高照促繁荣。

2019 年 6 月，儿子儿媳带我们游览延安，这是我从小向往的中国革命圣地。

我在这里，看到了，中共中央旧址凤凰山麓、杨家岭、枣园、王家坪；看到了，中国共产党第七次全国代表大会会场、中央大礼堂；看到了，召开延安文艺座谈会的所在地——中共中央办公厅楼；看到了，毛泽东、朱德、周恩来、刘少奇居住的窑洞；看到了，毛泽东劳动过的地方。从 1935 年到 1948 年，中共中央和毛泽东在这里整整生活和战斗了 13 个春秋。领导、指挥了抗日战争和解放战争，奠定了中华人民共和国的基石。延安，是一种革命的象征，使人一想到延安，就想到毛泽东等老一辈无产阶级革命家在延安奋斗的光辉历程。我感慨万千，写诗《拜谒延安》《伟人毛泽东》：

初冬晴朗谒延安，宝塔辉煌云彩翻，
窑洞灯光明玉宇，抚今追昔挽人间。

星火燎原百战功，开天辟地领长征，
三山齐毁乾坤定，领袖丰碑举世闻。

我联想起毛泽东同志领导的二万五千里长征。

## 长征精神

清音一曲颂红军，万里长征壮国魂，
赤水河中歼劲敌，岷山岭上越鲲鹏，
金沙浪拍雄兵渡，铁索骄横炮火轰，
喜看今朝华夏盛，先驱血染战旗红。

我又联想起共产党的诞生之地南湖和新时代的今天。

### 红船赞

红船劈浪往前行，凝望南湖闪彩虹，

火种悄悄燃四海，曙光映出满江红。


新时代里再启程，喜看红船格外红，

舵手领航跨世纪，艳阳高照新长征。

## 歌词创作

### 桃花江的水

桃花江的水，

为何惹人醉？

江边桃花最知情哟，

她身影与水紧相随，

映下页页色彩，

留下片片春晖，

啊，一江朝霞一江笑，

谁不说她美。


桃花江的水，

为何惹人醉？

江边少女最知情哟，

她常在这里把衣捶，

映下张张笑脸，

留下朵朵花蕾，

啊，一江彩图一江歌，

谁不说她美。


## 我们同住一座楼

我们同住一座楼，

见面点点头。

用友爱解除疙瘩，

用激情填平鸿沟，

用关怀驱散恶习，

用真诚化解忧愁。

啊，人要好伴，树要好林，

愿家家和和睦睦春常留。

我们同住一座楼，

见面握握手。

用热情燃起希望，

用歌声呼唤追求，

用爱心激发理想，

用微笑渴望奋斗。

啊，人为人好，邻为邻安，

愿人人亲亲热热更风流。

## 水城之歌（歌词，男女声对唱）

水灵灵，水花花，

水城沅江飞彩霞。

水岸金堤锁稻海，

水里鱼儿拱浪花。

水边芦笋翠绿绿，

水中湿地鸟喧哗。

啊，水城一路好春色，

赞歌声声传天涯。


水灵灵，水花花，

水城沅江飞彩霞。

水桥相通跨南北，

水道吟唱浪淘沙。

水塔凌空抒壮志，

水楼画廊耀光华。

啊，水城实现新梦想，

复兴路上大步跨。

## 水城沅江我爱你（男女声对唱）

女　我想你呀我想你

男　我爱你呀我爱你

合　想你爱你牵挂你

　　想你爱你牵挂你

女　我想你想你想你

　　想你赤山岛万年古迹

男　我爱你爱你爱你

　　爱你胭脂湖弥漫香气

女　我想你想你想你

　　想你南洞庭悠悠湿地

男　我爱你爱你爱你

　　爱你廖叶湖花鼓大戏

合　水城沅江真美好

　　八方游客来这里


男　我爱你呀我爱你

女　我想你呀我想你

合　爱你想你牵挂你

　　爱你想你牵挂你

男　我爱你爱你爱你

　　爱你湖州芦笋俏走万里

女　我想你想你想你

　　想你果园柑橘甜得如蜜

男　我爱你爱你爱你

　　爱你天下扬名鲜鱼大米

女　我想你想你想你

　　想你凌云塔风光秀丽

合　水城沅江真美好

　　八方游客爱这里

## 抗疫作品

2020 年的春天，比往年来得都晚一些，残酷无情的新冠肺炎病毒席卷全球。

我这个 84 岁老头怎么参加这场战疫？湖南省文学艺术界联合会号召广大文艺工作者"文艺战'疫'"。我虽是老业余作者，同样也要勇敢走在文艺战疫一线，拿起笔，歌颂中国抗疫力量、抗疫英雄。

创作古体诗《为民除疫毒》，在市委宣传部主管的杂志《天下洞庭》上发表。

### 为民除疫毒

大年初一不安闲，主席牵头国是研。

浩荡春风驱疫毒，欲将苦难化云烟。

忽闻武汉起仓皇，病毒广传遭祸殃，

国策英明何惧险，全民阻击沐春光。

创作的民歌、花鼓演唱作品，由沅江市文联在网络发表：

### 神州大地春来早

冰冻休想害绿草，

寒风休想伤花苞，

残冬休想毒麦苗，

神州大地春来早。

### 白衣战士赛华佗

小船也能过大河，

无路也能爬山坡，

患者不必有担忧，

白衣战士赛华佗。

### 干净彻底除祸根

哪个树上有黄蜂，

谁家门前有瘟神，

瘟神更比黄蜂毒，

干净彻底除祸根。

## 决把病魔大扫荡

苍松翠柏红梅放，

太阳照在大地上，

打响全民阻击战，

决把病魔大扫荡。

创作的抗疫诗谜，入选湖南省文联"文艺抗疫"征文，在湖南文艺网选登。

一

人人动手扫尘埃

人人动手炸祸胎

人人动手除病毒

人人动手灭天灾

（四字新语）——全民抗疫。

二

魔鬼隐患要除根

总理领将战江城

急令颁布通四海

党旗映红众人心

（四字词语）——同舟共济。

## 三

小斌只爱练刀枪，

一次二次游长江，

铤而走险不惧畏，

主子敢于打豺狼。

（四字字谜）——武汉挺住。

## 四

有位老翁，

心中藏金，

知识渊博，

世界扬名。

（世界名人）——钟南山。

## 五

一万木工日夜忙，

新建轻舟新建仓，

有求必应渡乘客，

怎怕巨浪逞凶狂。

（四字字谜）——方舱医院。

## 六

有时脸上起白云，

有时脸上起蓝云，

有时脸上起彩云，

有时脸上云赶云。

　　（三字用语）——戴口罩。

## 七

有个蒙面人，

进屋开窗门，

冲冲自来水，

安稳坐家中。

　　（每句三字用语）——戴口罩、常通风、勤洗手、不出门。

## 八

不准敌人闯过关，

不准烈火猛烧山，

不准洪水毁堤垸，

不准魔鬼波浪翻。

　　（六字名词）——阻击战、保卫战。

## 九

湖北江城战疫情，

全国上下齐出征，

心潮澎湃豪情壮，

战歌声声震长空。

　　（八字新语）——武汉加油、中国加油。

# 十

大将人中称王，

二将为人相帮，

三将出手亢奋，

四将灭病设防。

（四字字谜）——全民抗疫。

# 十一

哪管妻和娃，

哪管爸和妈，

抗疫需要我，

火海也敢跨。

（五字新语）——抗疫志愿者。

# 十二

不惧什么毒，

不畏什么瘟，

救人不顾己，

胜过白求恩。

（四字新语）——抗疫医生。

# 十三

湖南出兵，

武汉远征，

歼灭瘟疫，

谁当先锋。

　　（四字新语）——医界湘军。

## 十四

工农联手情满怀，

新筑美梦上赛台，

突击提速惊天地，

湖畔十天亮金牌。

　　（医院名称）——火神山医院。

## 十五

查问查验查明，

善处善良善真，

不欺不害不假，

愿你做个好人。

　　（二字名词）——医生。

## 十六

体小很出奇，

翅膀一层皮，

暗中传病毒，

是个坏东西。

　　（二字动物）——蝙蝠。

## 十七

不闻枪声追敌人，

不见炮弹捕逃兵，

不管险情有多大，

不怕牺牲学雷锋。

（四字新语）——抗疫英雄。

## 十八

抗疫阵营，

遍地险情，

毒如炮火，

忘我冲锋。

（二字名词）——英雄。

## 十九

走出战场上战场，

谁说身上没有枪，

我们心中自有法，

决把敌人全扫光。

（四字名词）——部队军医。

创作的花鼓坐唱作品，由中国世纪大采风在网络选登。

## 想她快些回

四至八个男女演员登场，同唱，由一男一女分别表演。

一男持手机，喜悦地上，打电话——


一男唱　眼望门前雨霏霏，

　　　　手机不通展愁眉，

　　　　老是关机不接听，

　　　　我的心里好伤悲。

同唱　　想她盼她牵挂她，

　　　　愿她愿她快些回。

一男唱　就是除夕这一天，

　　　　得意洋溢喜增辉，

　　　　特地接她呷年饭，

　　　　新年团聚共举杯。

同唱　　等她等她她不见，

　　　　催她催她她未归。

男同白　哎！（张望）她来哒！

男唱　　她健步如飞赶来哒，

　　　　满头短发被风吹。

　　　　茶不沾口饭不呷，

　　　　心事重重锁双眉。

一女唱　武汉突然传病毒，

　　　　需要医生大突围，

　　　　医院准我上火线，

　　　　责任重大不可摧，

这是一场阻击战，

全民都把战鼓擂，

党员医生要带头，

重担不往别人推。

一男唱　她是梦里讲梦话，

我是梦里一声雷，

过年可以天天过，

不呷年饭不怪谁，

我与她后天就要办喜宴，

怎把结婚大事当烟灰？

一女唱　全民抗疫是大事，

怎图个人喜，怎忘众人悲？

你若爱我就要支持我，

更应为我大助威，

你该与我手挽手，

为何与我背靠背，

你是党员责任大，

跟党步步要相随，

切莫添乱唱反调，

防病防控要守规。

等我战胜魔鬼回家办喜事，

女同唱　团团圆圆、快快乐乐、无忧无虑闪春晖。

男同唱　她话音一落转身走，

一个拱手喊失陪。

要她握手手不伸，

要她拥抱头不回。

女同唱　　男方追着去送她，

男同唱　　女方坐上飞机起哒飞。

男方追着去送她，

女方坐上飞机起哒飞。

男同唱　　愿她工作不怕苦和累，

女同唱　　愿她关爱病人有作为。

男同唱　　愿她注意安全不大意，

女同唱　　愿她治病防病立丰碑。

男同唱　　愿她专心专意挑重担，

女同唱　　愿她治好病人快些回。

同唱　　　愿她专心专意挑重担，

愿她治好病人快些回。


疫情期间，共创作 20 多件抗疫作品，均在网上展出和有关报刊刊登，湖南省文化和旅游厅选入"艺抗疫情、云游湖南"获奖作品，中共中央宣传部主管的"学习强国"也有选登。

有人问我，退休后写了多少作品？我退休 21 年了，写了 32 部专著，创作文学作品 8 部，主编诗集 8 部，注释古体诗 2 部，主编志书 14 部，共 352 万字。

| 年份 | 专著名称 | 类别 | 字数（万） |
|---|---|---|---|
| 2001 | 陈定国诗谜选 | 民间文艺 | 8 |
| 2002 | 诗乡风韵 | 诗集 | 10 |

| 年份 | 专著名称 | 类别 | 字数（万） |
|---|---|---|---|
| 2004 | 潇湘诗韵 | 诗集 | 10 |
|  | 白沙洲村文化志 | 志书 | 12 |
|  | 沅江市文化志 | 志书 | 12 |
| 2006 | 沅江市军事志 | 志书 | 11 |
| 2008 | 沅江县文化志 | 志书 | 10 |
|  | 卒子过河 | 作品集 | 10 |
|  | 沅江县民国志 | 志书 | 11 |
| 2010 | 益阳市兵要地志 | 志书 | 20 |
|  | 益阳市军事活动大事记 | 志书 | 8 |
|  | 沅江市军事活动大事记 | 志书 | 8 |
|  | 民兵心语 | 感言 | 8 |
| 2011 | 益阳市军事活动大事记 | 志书 | 8 |
|  | 沅江市军事活动大事记 | 志书 | 8 |
| 2012 | 十二生肖文化 | 文史 | 9 |
|  | 益阳市军事活动大事记 | 志书 | 8 |
| 2014 | 水上漂来一条街 | 曲艺集 | 9 |
| 2015 | 南洞庭传说 | 民间故事 | 12 |
|  | 沅江芦笋故事 | 故事 | 12 |
|  | 沅江名人录 | 志书 | 11 |
|  | 历代名家咏洞庭 | 注释 | 13 |
| 2016 | 历代名家咏沅江 | 注释 | 13 |
|  | 洞庭湖民俗 | 民间民俗 | 11 |
| 2017 | 沅江老地名故事 | 地名故事 | 15 |
|  | 诗韵飞扬 | 诗集 | 10 |
|  | 沅江市文联志 | 志书 | 20 |

续表

| 年份 | 专著名称 | 类别 | 字数（万） |
|------|----------|------|------------|
| 2018 | 陈定国画传 | 画传 | 8 |
|      | 诗乡 | 诗集 | 9 |
| 2019 | 孩子们的歌 | 童谣 | 10 |
|      | 碧水诗情 | 诗集 | 8 |
| 2020 | 诗情悠悠 | 传记 | 20 |

活到老，写到老。在创作路上，我已走了将近 70 年。路漫漫其修远兮，我将继续上下而求索。

## 附：陈定国文化艺术年表

**1953 年** 开始练习创作，有民歌《薅草歌》、散文《桃树下》等作品。

**1954 年** 创作小故事《审判会的秘密》、小演唱《张老汉卖猪》。

**1955 年** 创作民歌 11 首。

**1956 年** 创作民歌 20 首，快板 5 件。

**1957 年** 7 月湖南《新苗》文艺刊物发表诗歌处女作《共产党是带路人》。

8 月配合中心工作，创作花鼓戏《煮猪潲》《法网难逃》、快板《算盘打错了》《满妹子回娘家》。并组织辅导回乡青年和文艺爱好者排演，深受广大群众喜爱。

11 月出席沅江县首届群众业余文化积极分子代表大会，受到沅江县人民政府奖励。

**1958 年** 3 月村里成立俱乐部、创作组，党支部推荐担任俱乐部主任、创作组组长。

是月沅江县人民政府举办沅江县文艺创作评奖，创作的花鼓戏《煮猪潲》、快板《满妹子回娘家》等 4 篇演唱作品被评为一、二等奖。

11 月出席湖南省第二次青年社会主义建设积极分子大会，并在大会上作典型发言。

是月出席全国第二次青年社会主义建设积极分子大会。

是月在中南海受到党和国家最高领导人接见、合影。

是月在全国第二次青年社会主义建设积极大会主席台上作创作型发言。发言稿在《中国青年报》上发表，《人民日报》发表短评。

是月与茅盾、田汉、老舍、梅兰芳等艺术大师在文化部座谈创作。茅盾为我题词："力争上游"，田汉为我题词："多写生动、真实、足以鼓舞人们斗志的花鼓戏，为建设社会主义服务。"

12 月在北京中山公园向首都 2300 多位青年业余作者作创作演讲。

是月经沅江县人民委员会批准，担任沅江县文学艺术工作者联合会筹备委员会副主席。

**1959 年** 1 月创作花鼓戏《湖上风波》《双定计》，由湖南人民出版社出版发行（单行本）。

7 月当选沅江县文学艺术界联合会副主席。

9 月主编专著《白沙洲农民创作选》，由湖南人民出版社出版发行。

12 月出席常德专区第一次先进集体积极分子大会。

**1960 年** 1 月出席湖南省文化系统先进工作者代表大会。

2 月出席湖南省第三次青年社会主义建设积极分子大会。

是月出席湖南省文化工作会议。

4 月出席常德地区先进生产队代表大会。

5 月出席湖南省文教群英大会。

6 月出席全国文教等方面社会主义建设积极分子大会。

是月周总理邀请在人民大会堂参加国宴宴会。

10 月参加湖南省学习毛主席著作观摩团，演讲创作。

11 月当选县人大代表，出席沅江县第四届人民代表大会。

**1961 年** 2 月出席沅江县团代会。

**1962 年** 5 月出席常德专区第一次文代会。

9 月参加湖南省作家协会读书会一个月。

11 月出席湖南省第三次文代会。

是月被批准为中国作家协会湖南分会会员。

**1963 年** 3 月出席益阳专区第一次文代会，当选益阳专区文学艺术界联合会副主席。

6 月出席湖南省文联扩大委员会会议。

8 月当选县人大代表，出席沅江县第五届人民代表大会。

**1964 年** 1 月出席沅江县知识青年积极分子大会。

是月出席湖南省知识青年积极分子大会。

2 月出席湖南省文艺座谈会。

3 月出席湖南省贫下中农代表大会。

5 月出席沅江县贫下中农代表大会。

9 月参加益阳专区体育、俱乐部工作会议。

**1965 年** 2 月出席湖南省文艺座谈会。

是月出席沅江县团代会，当选为团县委委员。

4 月参加湖南省作家协会创作学习班。

**1966 年 至 1973 年** 在省级报刊发表诗歌、戏剧、曲艺作品 21 件。

| 1974 年 | 7 月参加湖南省文化馆戏剧创作学习班。 |

| 1975 年 | 7 月参加湖南省文化馆曲艺创作学习班。 |

| 1976 年 | 11 月出席沅江县农业学大寨先进代表大会。 |
| | 12 月出席湖南省农业学大寨先进代表大会。 |
| | 是月担任白沙乡半脱产文化辅导员。 |

| 1977 年 | 3 月参加湖南省文化馆曲艺创作学习班。 |

| 1978 年 | 10 月参加湖南省文化馆诗歌创作学习班。 |

| 1979 年 | 7 月参加湖南省文化馆曲艺创作学习班。 |
| | 是月担任白沙乡脱产文化辅导员。 |
| | 10 月出席湖南省文化工作经验交流会。 |
| | 是月被批准为中国曲艺家协会湖南分会会员。 |

| 1980 年 | 5 月被批准为中国民间文艺家协会湖南分会会员。 |

| 1981 年 | 1 月出席益阳地区文艺创作授奖大会。 |
| | 7 月出席益阳地区农村文化艺术先进工作者代表大会。 |
| | 10 月出席湖南省农村文化艺术先进工作者表彰大会。 |
| | 12 月出席全国农村文化艺术先进工作者表彰大会。 |

| 1982 年 | 1 月参加文化部群众文化工作座谈会。 |
| | 3 月出席湖南省文艺创作授奖大会。 |

5月在《中国农民报》发表组诗《我写山歌有点"癫"》，并加编者按。

**1983年** 8月破格参加确认大专学历考试，获大专文化证书。

**1984年** 2月当选为县政协委员，出席政协沅江县第一届委会员。

3月被省劳动人事厅批准转为国家干部，在县文化馆工作。

**1985年** 2月报告文学《杨柳"红"了》在《湖南日报》发表，被收入湖南《新时期优秀作品选》专辑出版。

11月在《民间文学》发表《洞庭情歌》专辑（16首）。

**1986年** 3月参加民间文学刊授大学民间文学专业修业一年，准予毕业。

5月被批准为益阳地区群文学会会员。

10月在《民间文学》发表《洞庭情歌》专辑（22首）。

**1987年** 1月当选为县政协第二届委员，出席政协沅江县第二届委员会。

8月参加益阳地区大专级专业知识考试，成绩合格。

12月荣获益阳地区行署记大功奖。

**1988年** 5月被批准为湖南省群文学会会员。

是月评定为"馆员"职称。

**1989年** 7月编辑出版文艺创作30年文集《泥土的芬香》。

| 1990 年 | 2 月当选为市政协第三届委员，出席沅江市政协第三届委员会。 |
| --- | --- |
| 1991 年 | 1 月被评为 1990 年度市优秀政协委员。 |
| 1992 年 | 1 月被评为 1991 年度市优秀政协委员。 |
| 1993 年 | 2 月被评为 1992 年度沅江市先进工作者。 |
| | 7 月独角戏《城里人上街》在《曲艺》杂志发表。 |
| | 12 月诗歌《想起恩人毛泽东》等四件作品荣获湖南省"红太阳颂"诗文大赛二等奖。 |
| 1994 年 | 1 月诗集《洞庭情歌》被中国文学艺术界联合会等单位评为特级作品，获准参加中国国际文学艺术博览会展销拍卖。 |
| | 2 月当选市政协四届委员，出席市政协第四届委员会。 |
| | 10 月中国《文艺报》发表"农民作家陈定国的诗歌上博览会拍卖"的报道。 |
| 1995 年 | 3 月《文学报》报道："农民作家陈定国作品获奖"，并被誉为"他是我国把文学作品作为商品走向国际市场的第一位农民作家"。 |
| | 10 月散文《村里那座纪念碑》荣获湖南省"我是中国人"征文三等奖。 |
| | 11 月曲艺《水上漂来一条街》荣获湖南省群文学会三等奖。 |
| | 12 月被评为市优秀政协委员。 |

**1996 年** 3 月荣获 1995 年度沅江市三等功。

12 月作品参加"益阳名人档案珍品展。"

是月被评为 1995 年度市优秀政协委员。

**1997 年** 1 月被评为沅江市 1996 年度优秀政协委员。

6 月被聘任为《世界华人文学艺术研究会》顾问、编委。

7 月散文《花的船》获全国"孔明杯"文学大赛优秀奖。

是月被评为益阳市"献身文化事业的好干部"。

是月出席益阳市"三好"文化干部表彰会。

是月荣获益阳市三等功。

8 月出席益阳第一次文代会。

11 月被批准为世界华人文学艺术研究会会员。

是月荣获重庆市迎香港回归楹联大赛金奖。

12 月诗集《洞庭情歌》由青海人民出版社出版。

**1998 年** 3 月《湖南日报》发表报道："农民作家陈定国诗集《洞庭情歌》出版。"

12 月散文《我给故乡唱支歌》荣获全国第四届"大地之光"征文三等奖。

**1999 年** 1 月曲艺《哪个不爱辣妹子》荣获湖南省小戏小品创作优秀奖。

12 月评为沅江市先进工作者。

**2000 年** 4 月歌词《我们同住一座楼》，在《湘江歌声》发表。

5 月曲艺《城里人上街》荣获益阳市创作奖。

8 月荣奖世界华人风云人物奖。

12 月评为沅江市先进工作者。

**2001 年** 10 月散文《渔家做客》荣获世界文化艺术研究中心优秀奖。

11 月创作《陈定国诗谜选》。

12 月散文《我在北京唱山歌》，荣获中国世纪大采风征文优秀奖。

是月出席在人民大会堂召开的全国征文颁奖大会。

**2002 年** 4 月散文《在北京的日子里》，在湖南省作家协会主办的《作家与社会》报上发表。

5 月主编白沙洲文集《诗乡风韵》，由中国文联出版社出版发行。

8 月发表曲艺《三打铜锣》《哪个不爱辣妹子》《洞庭湖的传说》《杨么血战南洞庭》《明朗山》。

是月散文《诗乡风韵》在《湖南日报》发表。

**2003 年** 2 月中国世纪大采风组委会邀请出席在人民大会堂召开的全国征文颁奖大会。

3月散文《在北京的日子里》荣获中国世纪大采风征文金奖。散文《我给故乡唱支歌》荣获全国第三届"新世纪之声"征文三等奖。

5月民间故事《洞庭湖的传说》荣获第一届全国通俗文艺优秀奖。

是月《益阳日报》发表记者采访其文章《最深还是洞庭情》。

是月四则格言收入《中国共产党人格言宝典》出版发行。

6月散文《那幸福的时刻》在《中国文化报》上发表。

是月中华诗词发展研究会授予"当代中华诗神"荣誉称号。

是月诗歌《祖国更美旗更红》收入《世界汉诗年鉴》出版发行。

12月曲艺《韶山游》荣获全国征文大赛优秀奖，并出席在韶山召开的全国征文颁奖大会。

**2004 年** 1月被中华诗词文化交流中心授予"中华先锋诗人"。

3月诗歌《一曲春歌动地来》荣获中国世纪大采风征文金奖。

4月散文《我在北京唱山歌》评为"国际优秀作品奖"。

5月担任世界汉诗协会湖南分会秘书长。

6月编写《沅江市文化志》。

是月主编湖南汉诗协会第一本诗集《潇湘诗韵》，由世界文化艺术出版社出版发行。

7月曲艺《闹法庭》《血与情》，散文《村里那座纪念碑》，荣获文化部文化艺术中心举办的"纪念中国人民抗日战争胜利60周年"征文三等奖。

是月中国世纪大采风组委会授予"全国百佳优秀新闻文化工作者"。

12月被联合国教科文卫组织授予"首批特殊贡献专家金色勋章"。

**2006 年** 1月被世界汉诗协会授予"世界汉诗艺术家"。

3月编写《沅江市军事志》。

5月曲艺《韶山游》被收入中国国际书画艺术研究会主编的《一代伟人》获奖作品选。

是月在长沙负责终审《湖南省赤山监狱志》。

是月歌词《我们同住一座楼》被中国音乐文学学会评为全国词曲创作铜奖。

是月散文《我在北京唱山歌》被收入文化部主管单位中国艺术研究院主编的《文艺年鉴》。

9月主编《白沙洲村文化志》，由作家出版社出版发行。

10月15日诗集《洞庭情歌》被中国作家创作成果报告

编委会评为金奖，并授予"构建和谐社会中华民族知名作家"。

11月20日被国际中华文化艺术协会，中华艺术学会授予"优秀中华文学家"。

**2007 年** 4月被中国名人名家协会评为"文化名人"。

5月被香港回归十周年最高艺术成就奖评奖委员会授予庆祝香港回归十周年最高艺术成就奖——紫荆花金奖。

是月被中国民间艺术家协会授予"当代人民作家"荣誉称号。

6月编写《沅江"民国史料"纂》。

7月歌词《深圳河》被世界华人文学艺术联合会评为香港回归十周年征文特别金奖，并授予"中国杰出艺术工作者"荣誉称号。

8月史书《白沙洲村文化志》被中国报告文学学会等单位评为金奖。

9月史书《沅江市文化志》被中国世纪大采风组委会评为金奖。

11月《中华名人格言》发表陈定国格言4则，刘翠娥格言3则，陈威格言4则，陈珂格言3则。

12月被国际中华人才专家协会，中国文艺家创作协会授予"百名中国一级作家（诗人）"。

| 2008 年 | 1月30日歌词《翠竹谣》《桃花江的水》被中国大众音乐协会等单位举办的"2008年中国杯新创作歌曲、歌词、音乐论文暨演唱评选活动"评为优秀奖。 |

5月编写《沅江市文化志》续集《沅江县文化志》。

9月30日国际奥林匹克艺术中心授予国际奥林匹克艺术金奖。

10月24日益阳日报发表记者田汉文写的文章《过河卒子敢扬帆》记诗人、作家陈定国。

11月作家出版社出版获奖作品集《卒子过河》。

12月被中国当代文学研究会授予"改革开放三十周年百名文化贡献人物",作品被评为特等奖。

| 2009 年 | 2月18日被中国通俗文艺研究会等单位邀请出席在人民大会堂召开的"神州杰出人物年度表彰大会暨中国通俗文艺创作精品大赛颁奖大会"。 |

3月被邀请担任《共和国不会忘记》特约编委。

9月5日被邀请担任国际汉学研究会名誉主席。

12月主编的《沅江市军事志》被湖南省军区评为优秀奖,被湖南省军区评为第二届军事志编纂工作先进个人。

| 2010 年 | 3月28日被国际汉学研究会授予"人类灵魂艺术家"。 |

4月15日专著《诗乡风韵》被中山文学院评为"全国第二届中山图书奖"。

4月主编《益阳市兵要地志》。

5月28日被世界教科组织联合协会授予"世界教科组织联合协会首席艺术家"。

6月4日纪实散文《我写志书》在《文艺报》上发表，被中国报纸副刊研究会等单位评为银奖。

6月23日出席在人民大会堂召开的创作颁奖大会，原文化部常务副部长，现任中华文化促进会主席高占祥为其颁奖。

12月16日增补中国文学艺术工作者联合协会副主席，并被授予"国家级艺术家"（该联合会由文化部离退休领导组成）。

是月主编2009年《益阳市军事大事记》《沅江市军事大事记》。

**2011年** 2月23日被商务时报社等单位邀请在人民大会堂参加"我与党旗共成长——庆祝中国共产党建党90周年"大型主题活动。

5月出席广州军区召开的"写志、用志"表彰大会。

6月8日被世界华人文艺家协会聘为副会长。

6月被中华诗词协会评为"国家文艺功勋人物"。

8月被沅江市人民政府评为地方志编纂工作先进工作者。

是月散文《在田野上起步》被文化部主办的《文化大视野》编委会评为优秀奖，收入《全国群众文化、图书、博物论文集》出版发行。

9月被北京夕阳红文化发展中心邀请出席人民大会堂"全国最具影响力文学创作之星"颁奖典礼。

9月8日被中国当代艺术协会授予"中国传奇人物"。

11月被中国教育学会家庭教育专业委员会评为"全国模范和谐幸福家庭"。

是月编写《民兵心语》。

12月散文《军号声声》被收入《军旅雄风壮中华》，出版发行，作品评为一等奖。

是月散文《在北京的日子里》、组诗《一曲春歌动地来》被收入《当代中国艺术成就展获奖精品集》出版发行。

是月主编2010年《益阳市军事大事记》《沅江市军事大事记》。

**2012年** 2月10日被中国世纪大采风活动组委会邀请参加颁奖大会。

3月20日被文化部主办的《文化人物》杂志社聘为荣誉主席。

5月6日被国际中华艺术家协会授予"国际国艺大师级人物"荣誉称号，并被聘任国际中华艺术家协会首席专家顾问，任期三年。

5月18日被《文化人物》杂志社聘请为《文化人物》特刊封面人物。

7月被中国传统文化促进会聘为名人丛书编委会特邀编委。

9月10日曲艺《城里人上街》选入《中国当代文艺佳作集成》一书出版，并授予"中国当代文艺创作成就奖"。

11月编写《十二生肖文化》。

12月被《文化人物》杂志社授予"成功中国杰出文化传承人"。

是月主编2011年《益阳市军事大事记》，2012年《益阳市军事大事记》获广州军区编纂军事志先进单位。

**2013年** 1月编写长篇纪实文学《新中国农民诗人》初稿。

6月纪念建党90周年，6首名言录，被中国纪实文学研究会入编《颂歌献给党》名言集出版发行。同时，被选入《古今中外名人语录精编》，世界发行。

8月10日被评为"建设社会主义强国时代尖兵"，应邀出席全国颁奖大会。

11月12日长篇纪实文学《新中国农民诗人》，被中国时代采风专家评审，获著作类金奖，应邀出席授奖大会。

**2014年** 3月10日从这天起，参加沅江市诗词协会活动，学着写古体诗。

5月作家出版社出版曲艺集《水上漂来一条街》。

12月共华镇党委重视文化工作，以白沙洲诗歌之乡为基础，成立共华镇农民诗社，被聘为诗社顾问，又活跃在家乡诗的人群中。

**2015 年** 2月编写出版《南洞庭传说》（12万字）。

10月注释《历代名家咏洞庭》。

11月编写出版《沅江芦笋故事》（12万字）。

**2016 年** 4月曲艺集《水上漂来一条街》，在第十六届中国世纪大采风征文活动中评为金奖。

5月编写出版《洞庭湖民俗》。

8月12日应中国大众音乐协会邀请，出席"唱响中国——2016首届大型音乐展演"盛会。

10月注释《历代名家咏沅江》。

**2017 年** 2月民间故事《东南洲》，载《中国采风》杂志，获第十七届中国世纪大采风征文金奖。

是月曲艺集《水上漂来一条街》获第二届益阳市"三周文艺奖"。

4月专著《沅江老地名故事》（15万字），由中国文联出版社出版，获第十七届中国世纪大采风征文金奖。

5月19日《益阳日报》报道《农民作家陈定国第八次上京领奖》。

6月执行主编出版《沅江市文联志》。

7月20日国务院地名办特邀出席全国地名文化保护与传承座谈会，并作典型发言。写的地名故事《洞庭湖》获"寻找最美地名故事"二等奖，《沅江》获优秀奖。

10月编写《沅江市文联志》。

12月编写《诗韵飞扬》。

**2018年** 5月三首古体诗获全国首届百家诗会一等奖。

6月29日湖南日报记者陈勇发表长篇采访报道《陈定国打捞洞庭民歌》。

10月为庆祝诗乡白沙洲六十周年编写出版专著《诗乡》。出版传记《陈定国画传》。

**2019年** 1月22日荣获法兰西皇家美术学院艺术学博士学位、法国文学骑士勋章。

1月古体诗《春满洞庭》（五首）获印象《中国年》全国首届新春主题文学大赛金奖。

3月31日被中国国家美术网、中华国学出版社特邀入编《世界艺术瑰宝》艺术珍藏网，并授予"世界艺术瑰宝五大家"荣誉称号（五大家：陈定国、沈鹏、黄永玉、冯远、刘大为）。

4月古体诗《仰慕唐诗》（5首）获全国第二届百家诗会一等奖。

是月编写童谣专著《孩子们的歌》。由作家出版社出版，并荣获第十届中国时代采风征文专著类金奖。

5月16日应第十届中国时代采风组委会邀请，出席在国家会议中心召开的作品评奖授奖大会。

5月20日被全国第二届百家诗会组委会邀请，出席作品评奖授奖大会。

6月12日在庆祝澳门回归二十周年之际，被中国文艺家交流协会，中华海峡两岸文化交流协会授予"澳门形象大使"，并荣获"澳门莲花奖"。

6月18日被第十九届中国世纪大采风组委会评为建国七十周年杰出贡献人物，邀请出席表彰大会。

6月19日作为特邀嘉宾，出席益阳市文学艺术界联合会第三次代表大会。

11月15日《诗画中华》等四首古体诗荣获2019"墨海初心"全国诗书画印大赛一等奖。

12月主编诗集《碧水诗情》、出版作品集《诗情悠悠》。

**2020年** 2月抗疫作品花鼓表演《战胜疫情盼她归》获湖南省文化和旅游厅"艺抗疫情，云游湖南"征集作品奖。

3月抗疫诗谜十九首，获湖南省文学艺术界联合会"文艺战疫"征集作品奖，湖南文艺网在网上展示。

是月中国世纪采风网上发布花鼓坐唱《盼你快回来》。

# 陈定国：打捞洞庭民歌

湖南日报记者 陈勇 通讯员 曹纯

先猜一个谜语：家里哪个大？天下哪个大？数目哪个大？时间哪个大？打一常用政治名词。

这条谜语出自《陈定国诗谜选》，该书创作了500首谜语，全部用洞庭湖民歌手法创作而成，民歌写谜语，全国都少有。陈定国通过民歌、曲艺、志书、地名等表达途径，挖掘、传承洞庭湖区乡土文化，60多年一路走来，至今腿不停、笔不辍，不时弄出新成果。

上面谜语的谜底是"祖国万岁"，读者朋友，猜着没有？

## 钟情洞庭民歌，要将"文化金牌"传下去

浩渺洞庭湖，周极八百里，湖水连天天接水，洞庭民歌宛如洞庭湖里的水一样多，成为湖湘文化特色鲜明的重要源头之一。

陈定国1936年出生在南洞庭湖边沅江市共华镇白沙洲村，2000年从市文化馆退休，一直住在县城，可一有空闲，他总喜欢回到生养之地走走、看看。有一回，一位儿时玩伴跟他说："定国，我们饭是吃饱了，却空着肚子过日子。"说的是群众缺少喜闻乐见、乡土味浓厚的文化生活。这里曾经是洞庭湖有名的"诗窝窝"，1958年国务院授予白沙洲"诗歌之乡"称号。当时，年轻、高颜值的陈定国在这里担任农民创作组组长、俱乐部主任，和一批有志青年发动群众学文化，作民歌，演戏曲，用青春热血、汗水智慧，结晶出

白沙洲村"文化金牌"，680 多位村民参加创作活动，白沙洲一时间声名鹊起。陈定国诗歌《共产党是带路人》等一批优秀作品广为流传。二十世纪 50 年代末至 80 年代初，陈定国先后 3 次代表诗乡出席全国英模表彰大会。

洞庭湖地区的山歌，多是渔民轻轻摇船，轻轻撒网，一路划船一路唱歌，自然流露，轻松流畅，山歌多用比兴、替代、隐喻、迂回的表现手法，追求简练、含蓄、生动、形象的表达效果，特别讲究构思奇妙，调句灵动，意境精彩，富含情趣和美感。最解不开的乡愁是飘香的故土、燃烧过的青春，陈老决心把白沙洲这块"金牌"永远传下去！2013 年，他向共华镇党委提出建议，以白沙洲为点，成立共华镇农民诗社，把全镇带动起来，传承优秀传统文化。4 年来，他 5 次带着专业老师到共华镇培训农民诗友，为增进授课效果，有时走进家里开家庭培训课，面对面讨论作品。

现在，共华镇 16 个村，村村都有农民创作组，办起了内部诗刊，一个季度出版一期，全镇 210 多人参加写诗，还有 10 个舞龙队、秧歌队、军鼓队、管乐队，经常演出，群众文化活动持续高涨，当年的文化景观重新回来：犁田种地忙干活，汗水浇开诗窝窝；田边休息打腹稿，收工回家细琢磨。你一首来他一首，天天都有新创作。

**不断拓展创作领域，靠崽伢子拿钱把书出**

陈定国写山歌写出了名，当时沅江报社、益阳文联等单位想挖他走，白沙洲大队留住不放，他依然不停地写山歌、作曲艺。1984 年，省人事厅通过考试确定他达到中文大专毕业水平，准予录用为国家干部。老陈成为沅江县文化馆一员，其时年近半百。

时代推动新诗不断发展，不少人对民歌不屑一顾。陈定国对同

事说："如果任由这样下去，不要多少年，青年人就不会知道民歌是个什么东西了，我们民族的优秀文化就会失传。这是多么痛心的事啊！"于是，他以一己之力搞"大工程"，系统收集整理洞庭湖民歌。他与妻子刘翠娥走渔村、上渔船、访渔民、采渔史。一年以后，由200首新情歌组成的《洞庭情歌》正式出版，不久被中国文联等单位评为特级作品，参加中国国际文学艺术博览会展览时，大会向全球拍卖、出售版权，洞庭民歌走向了更宽广的世界。

陈定国以前很少写儿歌，近年在与幼儿园、小学孩子们接触中，发现他们普遍缺乏艺术的感染力。他想，用艺术的形式启发小朋友感知生活美感，民歌上口、易记、易懂，恰好适合孩子们的特点。孩子们从小与民歌亲密接触，自然日久生情。他磨了一年，写出400首儿歌，经常到附近幼儿园、小学去，念给老师、孩子们听，还发动小朋友们一起来写儿歌。

2004年以后，他用洞庭民歌来"玩"灯谜，还受相关单位邀请承担了《沅江市文化志》的编写任务，因需要进文化局档案室查阅资料，他常到得很早，别人没上班，被"铁将军"拦路。局里知道这事后，给了他一把铁门钥匙，他便自由方便，整天与档案为伍。几年来，陈老编写出《沅江市文化志》《沅江市民国志》等7部志书，多本志书荣获省级奖励。他还撰写、主编了《沅江市名人录》《历代名家咏沅江》《洞庭湖民俗》等文化普及著作。他自己统计，几十年来创作出版的文艺作品总字数达到600多万字，其中光民歌就有3000多首。

除志书外，陈老自费出版自己编撰的书籍。他夫妻俩工资都不高，出书的钱全靠两个在外工作的儿子资助，前后已花去10多万元，两个崽都理解支持父母，劝爸妈不用为出书的费用担心。书出来以后，陈老从来不卖，只送人或给相关单位作资料收藏，他说自己只传承弘扬乡土文化，不为了赚钱。

## 满湖打捞历史遗珍，为的是留住老地名

"白沙洲村与富足村合并，取名富足不妥。"两年前的一天，陈老一大早急匆匆赶到沅江市民政局，找到相关领导建议在合乡并村中，保留"白沙洲"这个历史地名。他说："取名富足，是有人认为如今村民都富足了，应该肯定成绩，但这种做法忽视了历史文化。地名是历史文脉之根，白沙洲这个名字，镌刻着不可磨灭的红色印记。"他向在座的民政工作人员介绍，很多历史名人都曾经讴歌赞美过这里。保留白沙洲这个地名，有利于褒扬真挚的家国情怀，延续浓烈的湖乡文脉。

最后，沅江市、共华镇重视了陈老的意见和建议，白沙洲村、富足村合并，村名定名为白沙洲村。

诗情画意的水乡沅江，地名文化十分丰富，李白、杜甫、欧阳修、朱熹等文化名人曾在这里留下印记，石矶湖、景星寺包含了岁月风霜，凌云塔、万子湖见证了文运兴盛。在挖掘、创作民间文艺时，陈定国一直对地名文化进行保护传承，将民间搜集的故事编辑成册，出版了《沅江老地名故事》，宣传地名文化。

第二次地名普查中，陈老参与普查数据整理核实工作。他不要报酬，兢兢业业，修订更正几十处错讹地名，不顾耄耋高龄，实地调查挖掘老地名故事。有一次，去草尾镇采访，走到半路，突然发病，腹部剧痛，激烈呕吐。他咬紧牙，忍住痛，慢慢地往前走，找到一位老渔民坚持做完采访。对新安村"新安"这个名字的来历，一般人以为是新中国成立后人民有了新的安身之所，谓之"新安"，

这位老渔民却讲了一个传说千载的由来：南宋时期，农民起义领袖杨幺在战场上发现很多无家可归的孤儿，便在青草湖新建孩儿城，让孩儿重新安家，"新安"一名由此流传至今。此时，陈老痛得伸不直腰，蹲在地上缩成一团，随行者找来小车将他送进医院。他一边打吊针，一边写出"新安"老地名来历的故事。

在全国"寻找最美地名故事"征文活动中，沅江由于广为发动，写出20多篇地名文化佳作并参赛，结果，湖南有4篇作品在全国得奖，沅江占了3篇。沅江的3篇中，2篇出自陈定国之手。去年12月，国务院地名普查领导小组特邀，他到北京出席全国地名文化保护与传承座谈会并发言。

## 妻子的笑容像姑娘般灿烂

说陈定国，不能不说到他妻子刘翠娥。

妻子比他小15岁，是一名小学老师。陈老在书中这样称赞妻子："既是随身'秘书'又是热心'保姆'，既是特聘'编辑'又是第一读者，既是启蒙老师又是贴心学生。文化程度比我高，懂拼音，懂英语，在音韵上是'活字典'，帮我反复推敲用词。"

刘翠娥说丈夫最大的特点是时不空过、路不空行，走路想几句话打腹稿，回家赶紧记下来；每天除了看新闻，其他工作时间都在搞创作。她坦言当年看上陈定国，是被他的行为感动了，诚实纯朴，好学勤奋。

结婚以后，为了让丈夫称心、专心、安心搞创作，刘翠娥心甘情愿承担起几乎所有家务。她不小心跌倒摔断几根肋骨，住院十多天，也死活不要丈夫到医院来陪伴。

陈定国也处处呵护妻子，全心营造欢悦的家庭氛围。从不怎么花钱的一个人，甩出大几千元请沅江最好的婚纱摄影师，给爱妻拍出4厚本精美无比、光彩照人的婚纱艺术照。刘老师如今每次翻看到这些照片，笑容都像18岁姑娘一样灿烂。

陈定国、刘翠娥用心经营的这个"温馨小窝"，多次被评为沅江市"五好家庭""双文明户""文明家庭"。2011年，陈定国、刘翠娥家庭被评为"全国模范和谐幸福家庭"。家庭幸福能够感染人，让陈老感悟出生活赋予文学艺术的美感，发现生活中的真善美，生活每天是新鲜的，创作每天是鲜活的。

今年，陈老有4本书要出版，还计划明年出版《洞庭湖地名故事》一书。他说闲不下来，"都是自己要来的事"。前不久，他顶着烈日来到传说中西施洗尽铅华的胭脂湖，找村组干部、老支书挖掘楚国大夫范蠡与西施泛舟五湖的故事。他们向绿树掩映的湖对岸驶去，只见小舟冲开万顷玻璃皱，微风送爽荷花香，金鸢细碎浪头光。

神奇的胭脂湖哟，会让陈老打捞出怎样的惊喜来呢？

# 向坚守者致敬

陈 勇

陈定国老人一辈子痴心传承弘扬乡土文化，曾经与他一起写民歌演节目的"热角"，以及"接棒"的年轻人，不少中途辍笔改行他就，只有他像山头的巨石，岿然不动。

坚守，需要惯看秋月春风的定力。陈定国无论身处顺境逆境，做人不变，风格不改，他敏锐地感知身边急速变化的时代，始终坚守文艺本真，倾心尽力为群众奉献精神食粮。坚守，需要美美与共的胸襟。陈定国在接受采访中说的最多的一句话是"一辈子想巩固这个事"，他所要巩固的是 20 世纪 50 年代蓬勃兴起、群众喜闻乐见的大众文化生活状态。为了这个初心，他除了自己拼命写出好作品以外，还几十年如一日从事文化培训普及工作，培养了一批批业余农民创作者，仅白沙洲村先后走出了 120 余名文艺特长人才，现在他 80 多岁了，还到共华镇去授课培训，该镇已有 2100 多人接受过他的指导。

坚守带来意想不到的收获。陈定国编著了几十本著作 600 多万字，所获各类奖励的"红本本"摞起来比教室讲台还高，喜欢他作品的读者不可胜数。目前，他还有旺盛的创作力，正如他自己所描述的，"我写山歌有点'癫'，一夜写得好几篇"。

陈定国说得对，生活像一条河，你爱她爱得深，她就会回馈你很多甜美的歌。

（选自 2018 年 6 月 29 日《湖南日报》湘江周刊）

# 后 记

　　人上了年纪，往往回忆一些旧事，我想把这些旧事写出来，但又觉得平凡。如果说有壮美之处，那就是官人扶我、文人拉我、友人助我、贵人帮我、亲人爱我的那些精彩画面。

　　我在人生路上，最难忘的是那些给予我勇气、温暖、力量和智慧的领导和同志。他们是：原省委宣传部部长文选德，原团省委副书记冰耕野，著名作家、原省文联主席周立波，著名作家、原省文联副主席康濯、谢璞，著名诗人、省文联副主席未央，著名作家、原省文联执行主席周健民，著名作家、省作协常务副主席刘勇，作家赵海洲，原省群众艺术馆馆长周汉平，湖南人民出版社原文艺部主任黄起衰，原编辑老师李恕基，《湖南日报》文艺部主任黎风、王享念，原编辑老师邬朝祝、周绍奎、安敏，《湖南文学》原编辑部主任任光椿，原编辑老师周乐和，《工农兵文艺》原编辑老师李子科、周笃佑、唐健平，原益阳市文联党组书记祁峰，楹联主席郭辉、伍振戈，秘书长龚立华、曹毅前、徐进，原益阳市文化局局长夏鼎高，原益阳市群艺馆馆长尹志斌，原群文处李敏生，《群众文艺》编辑部主任肖风、金春华，益阳市图书馆党支部书记詹易成，《益阳日报》文艺部主任盛景华，记者谭绍军、邓阳春、田汉文，原沅江市市委副书记周业贵，原市委宣传部部长陈菊芳、谭柯金，原市委办主任叶恢先，原政协副主席邓企华、彭天喜，原文化局局长邓永康、胡长清、任其舜、谭登科、黄花珍，副局长张辛汗、李志清，办公室主任文定祥，政工股股长李小青，文化馆馆长周正清、李克强、徐

六一，副馆长陶志云，市志办主任王友达，沅江市文化旅游广电体育局局长陈盛祥、副局长张力，沅江市文联主席曹建华、副主席彭哲民，沅江市文化馆馆长陈志强，沅江市诗词协会会长曹涤环，沅江市楹联学会鲍寿康，沅江文化艺术界的好朋友舒放、肖皓夫、李镇武、向东流、黎梦龙、刘喜良、付丽丽、刘梦姣、石元普，原白沙洲党政领导郭德保、陈福全、朱正其、王元清、胡新春、吴功安、钟福春、张国良、钟汉林、徐伯年、黄国清、贺学全、唐发军、赵长青及白沙洲创作组的同志们。

今天，这种挚爱在延续，我仍然受到领导和同志的关怀和鞭策。他们是：省作家协会主席王跃文，益阳市委宣传部部长胡立安，文艺科科长肖索，益阳市文联主席易青群，副主席周亚林、裴建平，益阳市司法局局长姚小亮，沅江市委宣传部部长涂政坤，常务副部长唐顺祥，副部长邬海军、姚小满，沅江市文化旅游体育广电局局长陈盛祥，副局长陈文魅、张力，纪检组长张静，沅江市文联主席华子、副主席彭哲明，秘书长向东流，市文化馆馆长陈志强，市诗词协会会长曹涤环，市楹联学会会长鲍寿康，市作家协会主席黎梦龙，还有湖南省农学院专家方志辉，湖南人文科技学院党委书记、校长刘和云，湘潭市岳塘区区委副书记郭勇，湖南日报记者陈勇等。

我谨向培育我、关爱我、帮助我的所有领导和同志表示深深谢意。